PIA STEINMANN

WARMES BLUT

Bibliografische Information der Deutschen Nationalbibliothek: Die Deutsche Nationalbibliothek verzeichnet diese Publikation in der Deutschen Nationalbibliografie; detaillierte bibliografische Daten sind im Internet über dnb.dnb.de abrufbar.

Verlag: BoD · Books on Demand GmbH, In de Tarpen 42, 22848 Norderstedt

Druck: Libri Plureos GmbH, Friedensallee 273, 22763 Hamburg

ISBN: 978-3-7597-7369-2

Für meine
Tochter Tarike

1
Montag.

Ich renne, renne wie jeden Tag nach dem letzten Gong die Treppen hinunter. Zwei, drei Stufen auf einmal, aufpassen, nur ja nicht stolpern oder fallen. Wie ich diesen Moment am Schulende hasse, diese Jungs hasse, mich hasse, alles hasse. Heute muss ich es schaffen und schneller sein. Ich springe über einen ganzen Treppenabsatz, lande überraschend sicher. Aber dieser blöde Rucksack schlägt mir heftig gegen den Hinterkopf, dann zurück auf meine Schultern. Autsch! Auch das hasse ich. Weiterlaufen, nur noch eine Etage und dann hinaus.

„Wo soll's denn so eilig hingehen? Wusste gar nicht, dass unser Pummelchen so flink sein kann." Falk steht mit seinem Freund Mark am großen Schulportal und grinst. *Wie schaffen die das nur, immer einen Schritt voraus zu sein?* Ich bleibe stehen und höre mein heftiges Atmen. Alle laufen an mir vorbei, niemand bemerkt, dass ich Hilfe brauche. Auch hört niemand, dass ich Hilfe brauche. *Warum hört denn das niemand?* Mein Herz, es pocht so laut, dass der Lärm sich seinen Weg durch meinen Körper sucht. Mein Magen wehrt sich, krümmt sich zusammen, eklig bitterer Geschmack legt sich auf die Zunge. *Nein, nein, nein, nein! Ich will das alles nicht!* Es pulsiert immer heftiger in meinem Hals, schnürt mir die Kehle zu. Langsam atmen, ganz langsam, nur keine Panik jetzt. Ich schließe die Augen, spüre den Lärm nun im Kopf. Es ist so laut, dass ich nicht mehr denken kann. Aber hören muss man mich doch. Es kann doch nicht sein, dass das Schlagen, Pochen, Hämmern überall hin, nur nicht nach außen dringt.

„Na, keine Hilfe in Sicht?" Falk offenbart ein Lächeln, als sei er der netteste Kerl überhaupt.

„Zu dumm aber auch, keine Freunde zu haben, oder? Wie kann man nur deine Vorteile nicht zu schätzen wissen? Das frage ich mich wirklich. Aber keine Bange, Michaela, **wir** wissen, was wir an dir haben. Also komm", und hier macht Falk eine einladende Verbeugung, näherzukommen, „wir haben nur eine Kleinigkeit mit dir zu besprechen."

Kleinigkeit? Was bloß für eine Kleinigkeit? Wieder irgendwelche Hausaufgaben? Das wäre zu einfach; die mache ich doch schon, meistens jedenfalls. Vielleicht Geld? Auch wenn sie genug davon haben?

Ich starre sie an und versuche, nicht zu zittern. Natürlich gelingt es mir nicht. Ich wage mich trotzdem vor, zaghaft, Schritt für Schritt. Sie bleiben gelassen rechts und links von der Tür stehen und genießen meine Furcht. Ich weiß das und hasse sie dafür, genauso wie mich selbst. Wie gern würde ich ihnen ins Gesicht spucken, sie treten oder einfach nur schlagen. Tausendmal habe ich es in meinen Träumen schon getan; es war so einfach. Ich senke den Kopf.

„Na? Was glaubst du wohl, wollen wir von dir?", fragt Falk spöttisch und gibt Mark mit einer kurzen Kopfbewegung ein Zeichen. Es geht so schnell, dass ich nicht mehr reagieren kann. Ich werde nach rechts, dann links und wieder rechts geschubst und bin schon überrascht, dass ich nicht falle, da gibt mir ein gestelltes Bein den Rest. Bäuchlings krache ich zu Boden und kann gerade noch verhindern, dass mein Kinn auf den harten Steinboden aufschlägt.

„Hey, Jungs, was geht da ab? Michaela, alles in Ordnung?"

Herr Lang kommt näher, der seinem Namen alle Ehre macht. Aufgrund seiner immensen Größe wirkt er allerdings so weit weg, dass es mir einfach nicht möglich ist, seine helfende Hand anzunehmen. Egal, Falk ist sowieso schneller.

„Alles in Ordnung, Herr Lang, Michaela ist nur gestolpert. Wir kümmern uns gerade um sie."

„Ach so, dann ist's ja gut. Und das nächste Mal ein bisschen langsamer, Michaela. Wir wollen schließlich, dass du sicher nach Hause kommst."

Durch Falks Beine sehe ich noch, wie er davontrottet und wahrscheinlich höchst zufrieden mit sich und der Welt ist. Aber was wundere ich mich, ich könnte ja etwas sagen, mich offiziell beschweren. Nur ändern würde es nichts, da bin ich mir sicher. Als Petze würde es für mich einfach nur noch schlimmer werden und schlimmer als schlimm will ich mir einfach nicht ausdenken.

„Na, da haben wir alle ja noch mal Glück gehabt, oder? Bist clever genug zu wissen, was gut für dich ist. Aber nun zur Sache, bevor uns ein anderer Lehrer dazwischenfunken kann."

Falk wendet sich Mark zu.

„Wer macht dir noch gleich die Hölle heiß?"

„Dr. Grohns, der Arsch, hat mir 'ne Extraarbeit in Bio aufgedrückt. Meint, er müsse mich mehr motivieren, um die Scheißfünf auszugleichen. So'n Quatsch!"

Mark verdreht übertrieben genervt die Augen und klatscht sich bestätigend mit Falk ab.

„Und hier kommst du ins Spiel, Michaela. Wir würden heute gnädig darauf verzichten, dich weiter aus irgendwelchen Unannehmlichkeiten befreien zu müssen, wenn du dich bereit erklärtest, Dr. Grohns zufriedenzustellen. Wir verstehen uns doch, oder?"

Gestelzter Affenmist, denke ich eine mutige Sekunde, kämpfe dann doch erleichtert gegen die aufsteigenden Tränen. Ich nicke. Mark tritt auf mich zu und hält mir gönnerhaft auch seine Hand hin. Die will ich erst recht nicht und weiche gequält zurück. Beide

Jungs lachen wiehernd, während Mark Papiere aus einer grünen, fransigen Leinentasche zieht und mir vor die Beine wirft.

„Hier steht alles drauf, meine Mailadresse hast du. Hast zehn Tage Zeit, aber beeil dich besser, bevor du es vergisst."

Ich bleibe noch etwas sitzen, warte, bis die beiden verschwunden sind, dann rappele ich mich auf und lehne mich immer noch leicht zitternd an eine Wand. Es hätte schlimmer kommen können. Ich trete hinaus auf den Schulhof. Ein paar jüngere SchülerInnen spielen Ball, bis die Eltern sie abholen. Sie lachen und kreischen laut vor Vergnügen und mir kommen erneut die Tränen. Das Leben sieht so leicht aus. Wie krass erbärmlich ich doch bin! Nicht, weil ich so feige bin. Nein. Dieses grundsätzliche Gefühl habe ich irgendwie für mich akzeptiert. Es ist dieses Aufflackern von Dankbarkeit, dass es heute verhältnismäßig harmlos war und keine Spuren hinterlässt. Es gibt keine blauen Flecken der Seele. Ich muss mich zu Hause nicht erklären und kann den Vorfall beiseiteschieben, als sei er gar nicht erst geschehen.

Dienstag.
EINE WOCHE SPÄTER

„Du meine Güte, Michaela, was ist denn mit dir passiert?"

Meine Mutter steht in der Badezimmertür und hält sich vor Schreck die Hand vor den Mund. Sie kommt näher und fährt mit ihren Händen über nun leider allzu wahrnehmbare blaue Flecken. Erwischt! Ein paar Sekunden später und ich hätte den Pulli angehabt.

„Nur Sport, Mama, kein Drama. Es ging ein bisschen rau zu und du willst doch immer, dass ich mich mehr einsetze."

Ich zucke scheinbar unbekümmert die Achseln und beiße insgeheim die Zähne aufeinander. Jetzt nur keine Tränen.

„Aber so? Was für eine Sportart soll das denn sein, dass man am Ende grün und blau wird? Warte, Schatz, ich hole schnell was."

Mama sieht immer noch besorgt aus, als sie mit einer Salbe zurückkommt und dann ganz behutsam Flecken für Flecken behandelt.

„Tapferes Mädchen, das nenne ich mal Körpereinsatz. Was war es denn jetzt?"

„Hm?" Ich wische mir nun doch schnell ein paar Tränen weg.

„Na, was habt ihr gespielt?"

„Handball", sage ich aufs Geratewohl. Sieht auf jeden Fall meist ruppig genug aus, um meinen Zustand erklären zu können.

„Ich muss jetzt los, Mama. Bin eh schon spät dran. Aber danke, das war echt lieb."

Ich ducke mich unter ihren Händen weg, werfe ihr noch schnell einen Handkuss zu und flitze zur Diele.

„Was ist mit Frühstück? Du hast noch nichts gegessen!"

„Keine Zeit mehr! Ich hole mir was in der Mensa. Tschüüüss!"

Ich atme auf, als die Haustür ins Schloss fällt und ich mein angestrengtes Gesicht in den kühlen Morgenwind halte. Mama meint es gut, das weiß ich. Sie meint es immer gut, will immer helfen, es für mich richten. Aber der tiefe blaue See ihrer lieben Augen kann die Traurigkeit nicht verbergen. Die Sorge um mich, ihr Mädchen, dem es doch einfach nur gut gehen soll. Das macht mich fertig, zusätzlich fertig. Fliehen ist einfacher. Das Gehen fällt auch erstaunlich leicht, nur der Rucksack drückt an einer Stelle. Der Rückweg gestern dagegen war schwer. Bin wieder nicht schnell genug gewesen und dieses Mal war auch Ingo dabei. Der fackelt nicht lange und begnügt sich nicht mit Spott und ein paar harmlosen Schubsern.

Ein absoluter Sadist und perfekt für Falk, der sich nur selten selbst die Hände dreckig macht. Immerhin, eine Woche ging es richtig gut. Bekam sogar für meine Arbeit für Mark einen lobenden Klaps auf die Schulter. „Gut gemacht", hat er gesagt, „und so zeitig". Ich war so froh. Bis gestern. Ich überlege, ob ich irgendetwas gesagt oder getan habe, um Ingos Angriff zu provozieren. Manchmal fehlt ja nicht viel. Ein falsches Wort, eine unbedachte Geste. Ich grübele, während ich so dahinlaufe, will den Fehler heute nicht noch einmal machen. Aber ich finde nichts.

In den letzten beiden Stunden haben wir Sport, kein Handball, aber trotzdem ätzend. Schon in der Umkleidekabine überkommt mich immer ein komisches Gefühl, als würde ich statt Sportsachen dunkle Wolken anziehen.

„Guten Morgen, alle miteinander. Dann macht euch mal warm."

Frau Schuster klatscht aufmunternd in die Hände. Astrid und Sabine, unsere Sportasse, binden sich lachend in Sekunden ihre langen Haare zum Zopf und sehen dabei so gut aus, als gingen sie eigentlich zum Fotoshooting. Ich seufze.

„Unser Programm für heute ist: fünf Minuten freies Laufen, dann ein paar Wurfübungen, 'ne halbe Stunde Basketball und zum Schluss noch zur Belohnung Sprünge am Pferd. Also los!"

Von wegen Belohnung! Aus meinem Seufzen wird ein Stöhnen, nicht laut, ganz leise nur für mich, keiner soll es hören. Denn ich hasse das Pferd! Noch mehr als Basketball oder jeden anderen Mannschaftssport. Es steht einfach nur da, stumm und erbarmungslos. Es muss gar nichts sagen, braucht mich nicht zu verhöhnen. Es ist die schweigsame Verkörperung all dessen, was der Klasse immer wieder spöttisch von der Zunge springt. Und sie haben recht. Ich bin unfähig, ich bin zu dick und in der Kombination einfach nur erbärmlich. Aber bislang ist noch jede Sportstunde vorbeigegangen. Das wird sie auch heute. Ich fange an zu laufen und merke nun doch die Schläge von gestern.

„Okay, Michaela und Kati, wählt bitte eure Teams!"

Ich schaue Frau Schuster dankbar an. Sie weiß ganz genau, dass wir sonst immer bis zum Schluss auf der Bank sitzen bleiben. Und das ist demütigender als eine vier auf dem Zeugnis. Frau Schuster hat mir dagegen eine drei gegeben. Es ginge nicht nur um das Können, sondern auch um das Bemühen. Nicht nur dafür liebe ich sie.

Aber nun das Pferd, es sieht so einfach aus. Ein scharfes *Peng* des Sprungbretts nach dem nächsten folgt und alle fliegen sie über das zunächst längs hingestellte Gerät. Gleich gibt es noch die quere Variante für Handstandüberschlag und so. Dabei bin ich sowieso raus. Aber jetzt bin ich dran mit dem einfachen Sprung und will es wirklich schaffen. Ich sprinte los, das Sprungbrett im Blick. Ich muss es nur gut am Ende treffen, dann kommt der Schwung von ganz allein. Aber da ist es wieder, dieses verfluchte Gummi in den Beinen, das mich kurz vor dem Absprung bremst, mich stoppt, mich einfach nicht fliegen lässt. Ich höre nur ein dumpfes Plong und lande wieder einmal mit einem ungelenken Platsch auf meinem Po. Alle lachen.

„Hey, aufhören! Was soll denn das? Alles gut, Michaela? Willst du es noch mal probieren? Das nächste Mal schaffst du es bestimmt."

Ich nicke, stelle mich erneut auf, beginne zu rennen und sehe dieses Mal nur Frau Schuster an, die mich ermutigend anlächelt. Kawautz! Ich bin gar nicht erst abgesprungen, sondern gleich frontal gegen das Pferd geknallt. Nun folgt kein Lachen, kein weiterer Laut, nur absolute Stille. Niemand sagt irgendwas, selbst Falk nicht. Sie werden allesamt zu einem weiteren stummen Klotz wie das Pferd, nur viel größer, schwerer und kaum auszuhalten. Dann sehe ich es: ein allgemein ungläubiges Amüsiertsein. Das Lachen bleibt allen verächtlich und geräuschlos an den Lippen hängen. Ich bin selbst der Häme nicht mehr würdig. Das ist zu viel und ich laufe weg, nach hinten in die letzte Gerätekammer. Ich höre Frau Schuster schimpfen und noch so etwas wie *Aber wir haben doch gar nichts gesagt.* Dann höre ich nichts mehr außer meinem Schluchzen. Alles bricht aus mir heraus, es schüttelt mich durch und nach dem Aufprall tut auch das Weinen körperlich weh.

Frau Schuster kommt und kniet sich neben mich.

„Ach, Michaela, es tut mir wirklich leid. Sag bitte, was kann ich für dich tun?"

Sie streichelt mir dabei beruhigend über den Rücken.

Eine Art Heulschluckauf hat mich mittlerweile gepackt. „I... ich ... sch... scha...ffe e... es ein...nf... fff...ach ... n... nicht."

Nach einer längeren Pause dreht mich Frau Schuster zu sich.

„Schau mich an, Michaela! Wenn ich bei allem, was ich tue, ständig Säcke tausender Blicke oder Kommentare auf meinen Schultern mitschleppen würde, würde ich es gar nicht so weit schaffen wie du. Du bist viel stärker, als du denkst. Es ist leicht, sportlich zu sein, wenn man die Begabung dafür hat. Schwer ist es, über seinen Schatten zu springen, wenn man Angst hat zu versagen oder sich zu blamieren. Du, Michaela, probierst es immer wieder und ich sehe, wie viel Anstrengung es dich kostet. Das finde ich bewundernswert und achte ich viel höher als jeden perfekt durchgeführten Sprung. Jeder hat seine Begabung, du zum Beispiel kannst gut lernen, hast ja auch super Noten. Und", Frau Schuster lächelt mich an, „du bist ein wirklich liebenswerter Mensch und ich mag dich sehr."

Ich hickse immer noch leicht, habe mich aber etwas beruhigt.

„Es hi... hilft mir aber nicht, i... irgendwo dazu... zu... gehören. Ich bin a... anders, irgendwie k... komisch und k... keiner mag mich. Das m... merken Sie doch auch und d... das hat nicht nur was mit Sch... Sport zu tun."

Frau Schuster seufzt und streicht mir weiter über den Rücken. Das tut wirklich gut.

„Weißt du, Michaela, das mit dem Dazugehören und dem Selbstbewusstsein ist so eine Sache. Manche finden sich toll, weil sie gut aussehen, andere weil sie eine Sache besonders gut können und über die Allgemeinheit herausragen lässt. Sie werden dafür beklatscht und fühlen sich akzeptiert und gemocht. Das mag manches leichter machen, vielleicht, aber Aussehen und Begabung bekommen wir durch die Geburt geschenkt. Man kann dankbar dafür sein, aber sich nichts darauf einbilden. Und Dankbarkeit macht eher demütig und nicht hochmütig. Was man aber mit und aus seiner, hm, nennen wir es einfach mal natürlichen Veranlagung macht, wie man sich einbringt in Familie, Freundschaft, Gesellschaft, ist letztendlich das, was stolz machen kann und Selbstbewusstsein rechtfertigt. Vergiss bitte nicht, jedes Kind ist erst einmal gut so, wie es ist. Punkt. Auch du warst und bist es. Erwachsen zu werden, heißt dann, mit den jeweiligen Möglichkeiten zu versuchen, ohne auf Kosten anderer Tag für Tag ein bisschen besser zu werden. Das gelingt mal mehr, mal weniger. Ich weiß, das ist verdammt anstrengend und manchmal auch ungerecht, weil so viele sich nicht an diese einfachen Regeln halten und nur an sich denken. Man fragt sich, ob man dabei selbst nicht auf der Strecke bleibt, aber auch du wirst deinen Platz finden, Michaela, da bin ich ganz sicher. Werfe nur endlich all diese Säcke ab, die du dir aufgeladen hast, dann klappt's mit dem Springen und mit allem anderen auch. Und …"

Ich erschrecke mich ein bisschen, als Frau Schuster unerwartet mein Gesicht in die Hand nimmt und mich ernst anblickt.

„Ich möchte auch nie wieder hören, dass du dich für dick hältst und meinst, nicht schön zu sein. Das Einzige, das man sieht, ist, dass Sport nicht so dein Ding ist. Deine Muskulatur sitzt halt im Köpfchen. Aber du hast ein so süßes Gesicht, hast tolle Haare, ein wunderbares Lächeln. Was willst du mehr? Sei stolz auf das, was du hast und suche nicht Dinge, die du nicht hast. Okay?"

Frau Schuster steht auf.

„So, und nun genug geredet, gleich beginnt die Turn-AG und ich muss noch alles vorbereiten."

„Und die anderen …"

„sind längst fort", vervollständigt Frau Schuster den Satz, während sie einen Barren in die Halle rollt.

„Soll ich i… ich ihnen noch h… helfen?"

Frau Schuster dreht sich um und schüttelt lachend den Kopf.

„Das ist nett, Michaela, aber mir wäre es lieber, du würdest dich bei dem tollen Wetter nach draußen an irgendeinen schönen Platz setzen und das verinnerlichen, was ich dir heute gesagt habe. So eine lange Rede halte ich sicherlich nicht ein zweites Mal."

Sie winkt noch kurz und konzentriert sich dann ganz auf ihre Arbeit.

„Danke, Frau Schuster, danke für alles", rufe ich ihr hinterher.

Sie nickt nur kurz und fordert mich damit endgültig auf zu gehen.

2

Der Schulhof ist leer und von meinen speziellen Freunden ist nichts zu sehen. Puh, das hätte auch gerade noch gefehlt. Ich schaue in den blauen spätwinterlichen Himmel und tatsächlich: Es ist richtig schön draußen. Erstaunlich, wie lange ich das Wetter nicht mehr wahrgenommen habe. Immer gab es Wichtigeres. Wind, Schnee, Regen oder Sonne, alles Teile eines einzigen Luxusproblems – wie im Urlaub. Aber genauso fühle ich mich im Moment, wie kurz vor der Abfahrt in die Ferien. Ich fühle mich leicht und irgendwie frei, als hätte es die Sportstunde nie gegeben. Ich will noch nicht nach Hause, will, wie Frau Schuster es gesagt hat, ihre Worte auf mich wirken lassen. Nicht, dass ich so was in der Art nicht schon mal gehört hätte. Meine Mutter sagt es dauernd: *Ach Michaela, du bist doch soooo hübsch, du musst nur an dich glauben!* Ja, ja, was liebende Mütter so sagen. Und auch die Sprüche in all den hippen Zeitschriften und vielversprechenden Büchern, die waren doch nie für mich bestimmt. Die galten all den anderen, die die ach so wunderbaren Ratschläge auch umsetzen können. Ich habe mich dagegen nur noch unbeholfener gefühlt. Ein hoffnungsloser Fall halt. Aber das mit den Säcken, das finde ich nachvollziehbar. Ich kann sie packen und auf den Müll schmeißen, jeden Tag aufs Neue. Ich stelle mir bildlich vor, wie ich im Bad vor dem Spiegel stehe und mich dabei beobachte, wie ich den schweren Sack greife, mich vornüberbeuge, um den ganzen Ballast abzuwerfen. Ich blicke mich um: Niemand da. Warum warten? Ich bleibe stehen und schließe die Augen. Ich will, dass es sich echt anfühlt. Was spüre ich im Nacken? Stoff? Leinen? Plastik? ... Nein! Es ist ein ganz gewöhnlicher alter Kartoffelsack, rau und muffig und vorne am Hals mit dicken Kordeln zusammengeschnürt. Kein Wunder, dass ich so schlecht atmen kann. Ich will den Knoten öffnen, ist aber gar nicht so leicht, ganz schön fest zugezogen das Ganze. Ich merke, wie ich vorne an meiner Bluse rumwurschtele und öffne sofort wieder die Augen. Wenn mich jetzt einer beobachtet, wie peinlich wäre das denn! Aber stopp! Diese Blamage, die doch noch gar keine ist, muss auch mit in den Sack. Ich knülle einfach den Gedanken zusammen und werfe ihn über meine Schulter. Ich schließe erneut meine Augen und bastle weiter an meinem zukünftigen Ritual.

Jetzt halte ich beide Enden fest in meinen Händen. Nur noch ein Ruck, ein Nachvorneschleudern, dann ist das Ding endlich weg. Ich keuche und ächze, als hätte ich Zentner zu bewegen. Ich falle im Schwung auf die Knie und muss über mich selbst lachen. Es ist aber auch zu komisch, therapeutische Pantomime im Selbstversuch. Ich rappele mich wieder auf und lache immer noch. Immerhin, meine Laune ist besser.

Mir ist warm geworden und ich öffne meinen Anorak. Erfrischende Kühle dringt durch meinen Pullover an meine Haut und ich erschauere kurz. Verrückt! Dieses Sekundenzittern ist wie ein durchrüttelndes Wachwerden. Ich nehme mich ganz bewusst wahr und nichts, aber auch gar nichts dabei ist negativ. Sooo einfach kann es ja wohl nicht sein. Wahrscheinlich wirkt Frau Schuster nach. Sie ist aber auch klasse.

Aber was mache ich jetzt mit mir? Ich will immer noch nicht nach Hause, will diese neue Leichtigkeit auskosten. Wer weiß, wie lange sie noch anhält? Ich schlage den Weg in Richtung Wald ein, der auf einem kleinen Hochplateau über unserer kleinen Stadt thront. Verrückt, so nah und doch so fern. Ich war nie jemand, der Spaß hatte, auf Bäume zu klettern. Meine Eltern gehen auch nie spazieren, hier nicht und anderswo auch nicht. Wie und warum hätte ich ihn also erkunden sollen, diesen Wald? Wahrscheinlich hat er außer für Hunde und deren Besitzer eh nicht viel zu bieten. Heute allerdings hat er einen ganz besonderen Reiz für mich, als müsste ich einfach meine gewohnten

Pfade verlassen und eine neue, fremde Welt betreten. Ich erreiche die ersten Bäume nach zehn Minuten, bin ein bisschen aus der Puste und verschwitzt. Im Wald ist es ziemlich frisch und ich bin froh, meine Jacke nicht ausgezogen zu haben. Im Gegenteil, ich ziehe den Reißverschluss wieder hoch und klappe den Kragen nach oben. So marschiere ich weiter und freue mich, unzählige Vögel zwitschern zu hören. Als wüssten sie, dass sie mir zujubeln sollten. Es wirkt friedlich und ich fühle mich wohl. Schade, diesen Ort hätte ich gern eher kennengelernt. Wenn wir als Familie überhaupt etwas unternehmen, dann gehen wir schwimmen. Ansonsten lesen wir, eben unsere Art der Abenteuer. Nun aber laufe ich, ohne Ahnung zu haben, wo ich landen werde. Ob es einen Rundweg gibt oder ich die gleiche Strecke zurück muss? Ich schaue auf die Uhr, besser ich gebe Mama Bescheid, dass ich später komme. Sie denkt dann sicher, ich hätte mich verabredet und freut sich für mich. Empfang habe ich, ist somit schnell erledigt. Nach einigen Minuten führt eine Abzweigung nach rechts, nichts ist ausgeschildert. Geradeaus bedeutet sicherlich noch weiter weg von zu Hause, ich biege also ab. Der Boden ist ziemlich matschig; ich sehe frische Reifenspuren. Mal sehen, wo sie hinführen. Recht schnell lichtet es sich. Ich erreiche einen breiten Holzzaun, der an einer Wiese entlangführt. Ich blinzele, weil es plötzlich so hell ist, und erkenne langsam, dass ich an einer Koppel stehe. Ein grünes sportplatzgroßes Viereck, das wirkt, als wäre es in diesen Wald hineingestanzt worden, denn die Bäume gehen am anderen Ende weiter und führen erneut in die Dunkelheit. Ein irgendwie unwirklicher Ort, wie hingezaubert, um mich zu verführen. Eine fahle Blechhütte in der hinteren rechten Ecke ist kaum auszumachen. Blickfang ist ein großer mächtiger Baum. Und ... mir stockt der Atem. Was ist das? Ich reibe mir die Augen, schaue noch einmal hin. Ist es noch da? Ja, da steht es, ein paar Meter vor dem dicken Eichenstamm. Aber bilde ich mir das nur ein oder ...? Mein Blick ist mittlerweile ganz scharf und es ist, als betrachte ich ein gemaltes Abbild der Wirklichkeit und nicht ein tatsächliches Pferd. Absolut nichts regt sich. Kein Lid zuckt und meldet mögliche Gefahr, die Augen bleiben halb geschlossen. Kein Ohr wackelt, um zu lauschen, wer sich denn genähert hat. Kein Blähen der Nüstern, um genauere Witterung aufzunehmen. Der Schweif hängt leblos an den Hinterbeinen herab und kein einziges Haar bewegt sich für ein *Hallo* oder *Bleib bloß weg*. Ein Schauer durchfährt mich. Vielleicht ist es ja schon tot und nur die Hülle hält es noch aufrecht, bis schließlich ein sanfter Windhauch es umwirft und zur noch vollkommeneren Ruhe bettet. Blödsinn! Ich lese zu viel Fantasy! Aber ich kann nicht anders. So ein regungsloses Lebewesen habe ich noch nie gesehen. Das kann doch nicht echt sein? Vielleicht löst es sich ja auch gleich auf und zurück bleibt nur eine blasse Erinnerung an etwas, das ein Pferd hätte sein können. Ich schaue hoch in die

Luft, als könnte ich die Bewegung eines unsichtbaren Malers erahnen, der mit einem Lappen die letzte Farbe von der Leinwand wischt. Aber nichts geschieht. Das Pferd bleibt und ich bleibe auch. Ich lehne mich gegen einen der stabilen Holzpflöcke und werde Teil dieses rätselhaften Stilllebens. Ich stehe und schaue und fange stumm an, mit dem Braunen am Baum zu reden.

Wer bist du? Geht es dir gut? Du siehst nicht danach aus.

Du siehst müde aus. Nein, ehrlich gesagt siehst du irgendwie nicht real aus, als wärst du nicht von dieser Welt.

Aber verrückt bin ich nicht, also musst du echt sein.

Vielleicht bist du auch nur zu lange allein gewesen und versuchst nun, dich zu weigern, wirklich zu sein. Gar nicht mal dumm, Brauner, dann fühlt man sicher auch nichts mehr.

Weißt du was? Ich komme morgen wieder, vielleicht kann ich ja was von dir lernen. Ich hoffe mal, du hast nichts dagegen. Ich würde dir nichts tun, keine Bange, und auch nichts von dir wollen. Ich würde einfach nur da sein, okay?

Ich weiß nicht, wie lange ich so gestanden, geschaut und überlegt habe. Ich bin wieder einmal aus der Zeit gefallen, wie sonst so oft beim Lesen meiner Bücher. Zwar hat sich mir kein Tor zu einer anderen Welt geöffnet, die mich von den Ängsten meines Alltags befreit. Auch hat mir kein märchenhaftes Wesen drei Wünsche erfüllt, die mir mein zukünftiges Leben leichter machen.

Aber dennoch hat sich etwas geändert. Meine Gedanken, sie kreisen nicht mehr um mich, um meine Angst oder Wut, sondern um dieses rätselhafte Pferd im Hier und Jetzt, das so völlig anders ist als alles, was ich kenne.

Mit dem Wiedereintauchen in die Realität bin ich herausgerutscht aus jener scheinbaren Malerei, als läge es nun an mir, die Vorstellung eines unsichtbaren Künstlers zum Leben zu erwecken. Aufgeregt breche ich auf und durchlaufe eine ganze Farbpalette bunter neuer Möglichkeiten bis nach Hause und freue mich wie noch nie auf das Ende des nächsten Schultages.

Wie zu erwarten, schreibt Mama meine gute Laune der angeblichen Verabredung zu und ich bin gerührt, ihre heimliche Freude zu sehen. Ich weiß, dass sie sich sehnlichst eine gute Freundin für mich wünscht. Wie oft hat sie Verabredungen für mich organisiert, die aber nie zu irgendwas geführt haben? Irgendwann hat sie aufgegeben und auf die Zukunft gehofft. Und ich hatte lange Zeit meine heiß geliebte Pippi. Mit ihr wurde ich immer wieder neu zur Heldin, während auf dem Schulhof der Angsthase Geschichten schrieb.

Mittwoch.

Ich bin erstaunlich schnell heute nach Schulschluss und folge doppelt erfreut meinen gestrigen Spuren im Wald. Ich weiß nicht, was ich erwartet habe, aber dass ich das Pferd an genau derselben Stelle und in genau derselben Haltung vorfinde, überrascht mich schon. Aber vielleicht bilde ich mir das auch nur ein.

Ich schreite entgegen dem Uhrzeigersinn am Zaun entlang und lasse das Pferd keine Sekunde aus den Augen. Es rührt sich nicht. Aber im Gegensatz zu gestern wirkt es nicht glatt und platt, sondern erhält durch mein Herumgehen Tiefe. Die scheinbare Skizze wird zu einer Skulptur, als sei der Künstler selbst nicht zufrieden gewesen. Ich schreite einmal, zweimal das Viereck ab und betrachte das mutmaßliche Werk von allen Seiten und von nah und fern. Aber mit jedem Schritt vergeht meine drängende Neugier und plötzlich schäme ich mich. Noch immer sehe ich kein Atmen in der kalten Luft, höre kein Schnauben in der Stille, aber ich spüre nun, dass dieses Pferd lebt. Nackt und wehrlos steht es da, hält mein Starren lautlos, aber anklagend aus. Es ist, als hätte es meine abgeworfenen Säcke aus Versehen aufgefangen, um sie nun schicksalhaft weitertragen zu müssen. Beklommen bleibe ich stehen.

„Es tut mir leid", sage ich dieses Mal laut, aber das ändert nichts, keine Reaktion.

„Ich weiß, wie unerträglich es ist, von Blicken durchdrungen zu werden und zu glauben, sie nie mehr loszuwerden. Aber ich kenne seit gestern einen Trick. Er hört sich logisch an und ich hoffe, er hilft. Nicht nur einmal. Auch in Zukunft. Ich kann dir davon erzählen, von meinen Versuchen und vielleicht auch von Erfolgen. Was hältst du davon?"

Langsam quetsche ich mich durch den Zaun und wage mich behutsam vorwärts. Immer noch regt sich das Pferd nicht.

„Hm? Was ist los mit dir, Brauner? Was ist deine Geschichte?"

Jetzt rede ich, um mich selbst zu beruhigen. Im Näherkommen wirkt das Pferd realer und größer, als ich dachte. Meine alte Furcht vor generell allen fremden Tieren ist plötzlich wieder da und kriecht über meine Haut. Circa zehn Meter vor dem Pferd bleibe ich stehen, es scheint mich immer noch nicht zu bemerken.

„Immerhin, du hast weniger Angst vor mir als ich vor dir. Ich bin einmal von einer Giraffe im Zoo gebissen worden. Seitdem gehe ich allen Vierbeinern, die größer sind als Meerschweinchen, aus dem Weg. Mein Vater sagt zwar, sie hätte mich nur spielerisch mit den Lippen an der Wange berührt, das macht aber für mich keinen Unterschied. Glaub mir, dass ich hier so nah bei dir stehe, ist für mich schon ein echtes Wunder. Aber so wie du aussiehst, könntest du grad selbst ein solches gut gebrauchen."

Ich rede, rede und rede, eigentlich nur noch um des Redens Willen.

Donnerstag.

Heute traue ich mich bis auf fünf Meter heran. Ich habe eine Decke mitgebracht, der Boden ist trocken. Ich setze mich hin und muss erst einmal die neue Perspektive bewältigen.

„Du bist ganz schön groß, Brauner. Wenn du jetzt wach werden solltest, bräuchtest du nur zwei Sprünge und ich wäre platt. Hast du schon mal was von Desensibilisierung gehört? Hatte ich vor drei Jahren mal; bin allergisch gegen Blütenpollen. Die sind mir in zunächst niedrigster Konzentration unter die Haut gespritzt worden, damit das Immunsystem lernen kann, nicht so heftig zu reagieren. Über die Zeit wurde die Dosis dann höher und jetzt kann ich im Frühling nach draußen, ohne dass mir gleich die Augen zuschwellen. Ist nicht alles weg, aber schon viel, viel besser. Und so wird's, hoffe ich, auch bei uns. Ich komme Stück für Stück näher und halte so die Angst vor dir aus. Was hältst du davon?"

Ich blicke mich um.

„Rührst du dich eigentlich nie vom Fleck? Du musst doch irgendwann mal fressen oder saufen. Und wohin äpfelst du eigentlich? Das heißt doch so bei euch, oder? Du hältst deinen Platz auf jeden Fall erstaunlich sauber, also **musst** du dich ja mal bewegen. Ich werde wohl einfach abwarten und dich dann bestimmt einmal erwischen."

Um vier Uhr ist es trotz Sonne so kalt, dass ich keine Lust mehr habe.

„Puh, ich erfriere gleich. Verstehe echt nicht, wie du das so bewegungslos aushalten kannst. Ich geh gleich in die heiße Badewanne. Morgen ist ja auch noch ein Tag. Muss mir allerdings eine andere Möglichkeit suchen, den Jungs zu entwischen. Bin jetzt zweimal vorzeitig gegangen, weil ich angeblich auf Toilette musste. Noch einmal und ich kann mir für den Rest des Jahres auch diesbezüglich blöde Sprüche anhören."

Freitag.

Ich habe Glück, Falk ist heute krank und allein lassen mich Ingo und Mark in Ruhe. Ich bin schnell bei meinem Braunen und breite die Decke an derselben Stelle aus wie am Tag zuvor. Ich setze mich aber nicht hin, sondern wage mich ein wenig näher. Ich strecke meinen rechten Arm aus, als könnte ich eine Art Aura spüren, die mir sagt *Bis dahin und nicht weiter*. Aber da ist nichts. Kurz bevor meine Hand die Mähne berühren könnte, lasse ich den Arm wieder sinken und bleibe stehen. Ich schnuppere, aber rieche keinen typischen Pferdegeruch.

„Bist du doch bloß eine Fantasie? Oder willst du mir nur vormachen, dass du nicht wirklich existierst? Das gelingt dir ganz gut. Aber weißt du, was ich glaube? Dass du nur gerade dabei bist, dich von dieser Welt zu verabschieden. So, als hättest du beschlossen, sterben zu wollen, und dich deswegen quasi abschaltest. Habe ich letztlich in einem Buch über nordamerikanische Ureinwohner gelesen. Sie legen sich hin, um zu sterben, und sterben. Weiß aber nicht, ob das tatsächlich stimmt. Elefantenfriedhöfe sind ja auch nur ein Mythos. Elefanten gehen nirgendwohin, um zu sterben, sondern sterben einfach vermehrt in Gebieten, in denen alte und zahnlose Tiere geeignetes Futter finden. Dr. Grohns, mein Biolehrer, würde auch bezweifeln, dass du dich dafür entscheiden kannst, einfach so sterben zu wollen. Aber wenn ich dich so betrachte, dann bin ich mir da nicht so sicher. Und es täte mir leid, dich bei so etwas Wichtigem zu stören. Kannst du mir nicht irgendein Zeichen geben?"

Ich wage mich noch einen weiteren Schritt heran.

„Darf ich dich dann wenigstens mal anfassen? Nur um … verrückt ich weiß, aber …"

Ich müsste nur noch einmal meine Hand heben, dann wüsste ich, ob ich mir das alles nur einbilde.

„Du wirst einfach weiter so dastehen und mir nichts tun, ja? Du wirst nicht gleich deinen Kopf herumreißen, die Zähne fletschen und mich beißen, oder? Ich will dich einfach nur mal fühlen, okay?"

Ich schließe meine Augen und lasse meine Finger langsam durch die Luft tasten. Tatsächlich, da ist was. Ich berühre ganz sacht etwas Weiches, das muss wohl die Mähne sein. Ich reibe vorsichtig eine der Strähnen zwischen Daumen und Zeigefinger und bin überrascht, wie rau sie sich plötzlich anfühlt. Rau ist auf jeden Fall real. Ich höre, wie ich unendlich lange ausatme und öffne wieder meine Augen. Ich trete zwei Schritte zurück und betrachte das Pferd nun mit anderen Augen.

„Danke, Brauner, das hat mir geholfen. Aber es macht mich auch ganz schön traurig. Es wäre so viel erträglicher gewesen, wenn ich wie in meinen Büchern einen Bann gelöst hätte und du dich aufgelöst oder verwandelt hättest in einen verwunschenen Prinzen oder so. Du bist noch da, ganz unverändert. Es braucht wohl mehr als eine kleine Berührung zwischen uns. Aber wir haben ja Zeit, um uns besser kennenzulernen. Morgen ist Samstag, da kann ich eher kommen und dann schauen wir weiter, ja?"

Ich blicke auf meine Fingerspitzen – sie sind von den paar Sekunden richtig dreckig geworden. Unwillkürlich rieche ich an ihnen und Tränen steigen mir in die Augen. Eine herbe, erdige Staubigkeit dringt mir in die Nase und lässt die Verlassenheit dieses Tieres wie die Erinnerung an einen schrecklichen Film in mich hineinkriechen. *Black Beauty*, genau, der war's. Hab ihn nie zu Ende sehen können. Zu grausam. Aber hier werde ich nicht wegschauen, werde bis zum Ende durchhalten. Das weiß ich ganz genau.

Aufgewühlt laufe ich nach Hause und überlege, wie ich dem Braunen helfen könnte. Ich kenne mich mit Pferden nicht aus, aber das spielt irgendwie keine Rolle. Er scheint meine Hilfe zu brauchen und nur darauf kommt es an.

Samstag.

Direkt nach dem Frühstück mache ich mich auf den Weg, dick eingemummelt, als hätten wir noch tiefsten Winter. Mamas überraschten Blicken kann ich noch mit einem *Bin den ganzen Tag im Wald, da ist es kalt* entgegnen.

Warum, weiß ich nicht, aber jedes Mal laufe ich erst drei Viertel des Zauns entlang und trete immer an derselben Stelle auf die Koppel. Es ist feucht heute und ich finde keinen geeigneten Platz für die Decke. Ich hänge sie mir über die Schultern und meine Tasche mit Proviant an einen Pfahl. Dann nähere ich mich dem Braunen auch wie immer von rechts. Ich habe zwar keine Angst mehr, aber ehrfürchtig bin ich schon noch. Und außerdem, so rede ich mir ein, will ich das Pferd nicht erschrecken.

„Guten Morgen, mein Großer, wie geht es dir?"

Ich schaue ihn an und präge mir die Antwort ganz genau ein. Die demonstrative Nässe des Tieres lässt mich trotz warmer Klamotten frieren. Überall sehe ich Wassertropfen. Sie stehen in Reih und Glied auf dem Fell, das struppig aufgestellt jeden einzelnen eisern von der Haut fernzuhalten scheint. Aufgespießte Ballons, die, enthielten sie Luft, das Pferd in die Höhe schweben lassen könnten. So aber scheinen sie nur Ballast zu sein. Zudem hängen sie an all den vielen Knoten der Mähne, als wollten sie als schmuckvolle Perlen ein stolzes Haupt verzieren. Doch der Glanz ist irgendwie vergangen und der Niedergang nur umso deutlicher. Am schlimmsten aber ist diese blasse Girlande an den geschlossenen Lidern. Grotesk behangene Wimpern wie bei einer Totenmaskerade. *Warum nur, Brauner, lässt du das alles mit dir machen? Warum schüttelst du dich nicht einfach und gut ist?*

Komisch, genau das hat Frau Schuster auch zu mir gesagt.

Unwillkürlich trete ich vor das Pferd und lege meine Hände auf jeweils ein Auge. Verflucht, ist das kalt. Ich fahre zurück und erwarte ebenfalls ein Erschrecken des Tieres. Aber selbst jetzt bleibt es regungslos, leblos und wieder kann ich mich nicht des Gedankens erwehren, als hätte schon jemand vor mir diese Lider für immer geschlossen. Aber wenn, dann doch nur, um elendigen Schabernack zu treiben, und nicht, um endlich für Frieden zu sorgen. Wieder lege ich vorsichtig meine Hände auf die Augen und lasse sie liegen. Ich halte die durchdringende Kälte aus, die mich erschauern und all meine früheren Probleme zu einem einzigen Eiskristall erstarren lässt. Ich fühle, wie er schließlich in unzählige Belanglosigkeiten zerspringt.

„Spürst du das, Brauner, wie es wärmer wird? Das tut gut, nicht wahr? Ich werde dich jetzt abtrocknen, in Ordnung? Ich habe hier eine Decke, die ist schön weich. Du wirst sehen, gleich wird es dir besser gehen."

Langsam nehme ich einen Zipfel der Decke und fahre mit ihm vorsichtig den Kopf ab; zuerst die Stirn, dann den Nasenrücken und die seitlichen Ganaschen, wie ich gestern noch nachgelesen habe. An die Nüstern mit ziemlich viel Schnodder und Dreck traue ich mich allerdings nicht heran. Das ist zu eklig. Dafür aber an den Hals, den Rücken, die hintere Kruppe und sogar an alle vier Beine. Immer schön mit dem Strich streicheln, damit die Haare sich erholen können von dem stetigen Aufrechtstehen. Sie liegen nun geschmeidig an, als hätte mein Tun die alte poröse und nutzlose Haut abgestreift und eine neue schützende und wärmende übergezogen. Ich betrachte zufrieden mein Werk.

„Na, merkst du schon den Unterschied? Du siehst auf jeden Fall besser aus, nicht mehr ganz so traurig. Aber ganz schön dreckig bist du, schau mal, meine Decke ist fast schwarz. Ein bisschen putzen kann folglich nicht schaden. Mal sehen, was ich zu Hause für dich auftreiben kann."

Ich wärme mich mit einer Tasse Tee auf, Hunger habe ich noch nicht. Ich entdecke hinter dem Zaun einen großen Baumstumpf, auf den ich mich setzen kann, um das Pferd weiter zu beobachten. Einmal möchte ich sehen, wie es sich bewegt, nur einmal. Ich bleibe eine Weile, in der ich die Kanne leer trinke und alles aufesse, aber sonst rein gar nichts geschieht. Ich gebe schließlich auf und gehe nach Hause.

Sonntag.

Meine Eltern bestehen darauf, dass ich mit ihnen Tante Erika besuche. Ich frage mich warum, sie unterhalten sich sowieso nicht mit mir. Es geht eh nur um Erwachsenenkram. Wahrscheinlich wollen sie nur zeigen, wie wohlerzogen ich bin. Echt ätzend. Aber es wird nicht so schlimm wie befürchtet. Tante Erika hat Kopfschmerzen und wir bleiben nur zwei Stunden.

„Kann ich noch mal weg, Mama?"

„Klar, mein Schatz, ich freu mich doch für dich. Viel Spaß euch. Oh, wie du aussiehst, seid ihr wieder draußen? Auch bei diesem Wetter? Ich meine, frische Luft ist ja gut, aber … dass du …, ich wundere mich nur …"

„Bin halt auf den Geschmack gekommen, tschüüüüss, Mama."

„Nur dass du es weißt, Brauner, offiziell bist du Babs. Meine Mutter ist schier aus dem Häuschen, dass ich scheinbar nicht nur eine gute, sondern eine beste

Freundin habe, mit der ich mich nun jeden Tag verabreden möchte. Wenn sie wüsste … Aber du tust mir wirklich gut, mein Freund, auch wenn ich selbst nicht weiß warum. Gerade ins Zeug legen für mich, tust du dich ja nicht gerade. Ich dagegen habe gestern noch ein bisschen in unserem Keller gekramt. Habe eine alte Bürste gefunden, die nicht zu hart erscheint, außerdem aus dem Bad einen großen Kamm und Conditioner entwendet. Mal sehen, was du davon hältst."

Nicht nur über Anatomie, sondern auch über Pferdepflege habe ich einiges im Internet gelesen und so versuche ich nun mit meinen spärlichen Mittelchen, zumindest das Einfachste umzusetzen. Zuerst reibe ich den Balsam in die Mähne und den Schweif. Erstaunlich, wie schnell die Tube leer ist. Das kann jetzt erst einmal einwirken. Indessen fange ich an, das Fell zu bürsten, sehe aber nach einer schweißtreibenden halben Stunde keinen wirklichen Fortschritt.

„Mist! Ich brauche wohl anderes Putzzeug. Damit hier kriege ich dich auf keinen Fall sauber. Vielleicht bin ich ja mit deiner Mähne erfolgreicher. Also, unten anfangen und sich dann langsam hocharbeiten. Das müsste ich doch schaffen, oder?"

Zwar brechen ab und an mal Zinken ab, aber es geht. Strähne für Strähne kämme ich durch, dann mache ich mich an den Schweif. Dabei plappere ich weiter von meinen Eltern, die lieb sind, mich aber nicht richtig verstehen. Von Ramona, Lydia und Beate, meiner Schulzweckgemeinschaft, weil wir alle auf die ein oder andere

Weise Außenseiter sind. Das wäre ja eigentlich kein Problem, wenn wir uns dabei überhaupt ein bisschen mögen würden. Ich erzähle von LehrerInnen, die mir durchweg gute Noten geben, sich aber eigentlich nicht für mich interessieren. Natürlich schwärme ich von Frau Schuster, von Büchern im Allgemeinen und im Besonderen und lande schließlich beim Schwimmen.

„Weißt du, Wasser muss gar nicht so schrecklich sein. Regen mag ich zwar auch nicht, alles ist nasskalt und die Klamotten sind klamm. Aber es gibt Bäche, Flüsse, Seen und das Meer. Schwimmen ist einfach wunderbar. Ich fühle mich leicht und frei, niemand kann mir etwas vormachen. Und im Meer ist alles noch großartiger, noch freier. Weißt du, das habe ich noch nie jemandem erzählt, aber ich glaube, die Wellen lieben mich. Sie tragen mich auf ganz besondere Weise. Nichts ist bedrohlich. Ich höre meine Eltern, wie sie hinter mir herrufen, ich solle wieder an Land kommen. Es sei zu gefährlich. Die Brandung. Die Strömung. Ich aber fühle nur die Energie, die in mich eindringt, mich leben lässt, mich stark macht. Als Kind habe ich immer geträumt, ich sei eine Meerjungfrau und ich müsse nur genug Salzwasser trinken, um mich wirklich zu verwandeln. Hört sich bescheuert an? Ja, wahrscheinlich hast du recht. Ich bin sowieso nicht ganz normal, musst du wissen. Und das ist schon auch irgendwie okay, zu Hause zumindest oder beim Lesen fernab irgendeiner Realität. Ich käme, glaube ich, sogar gut damit zurecht, nirgendwo dazuzugehören, wenn das hieße, in Ruhe gelassen zu werden, übersehen zu werden wie von den meisten Erwachsenen. Aber irgendwie bin ich in den Fokus geraten von Falk mit seinen Freunden. Wann war das? Vor einem Jahr oder so. Und seitdem ist es kontinuierlich schlimmer geworden. Und an manchen Tagen ist es eben besonders schlimm."

Ich verharre einen Moment und starre auf den hängenden Kopf des Pferdes.

„Aber wem erzähle ich das? Du bist schließlich auch anders."

Ich will gerade weiterkämmen, als mich ein plötzlicher Schmerz durchfährt. Ich lasse erschrocken den Kamm fallen und schaue entsetzt auf meine blutenden Hände. Zu viel Rot, alles tropfend nass, als hätte sich ein Kleinkind mit Farbe auf mir ausgetobt. Die harten Strähnen müssen völlig unbemerkt in mein Fleisch geschnitten haben. Verrückt, dass ich das nicht früher gespürt habe! Jetzt tut die kleinste Bewegung der Finger höllisch weh. Mir wird schwindelig und ich taumele benommen zum Zaun.

Was zur Hölle ist nur falsch mit mir?

Ich spüre den Schmerz, was vorher zu wenig war, ist jetzt zu viel. Er füllt mich ganz aus, will mir die Sinne nehmen. Und wie leicht wäre es, sich fallen zu lassen und zu vergessen. Stattdessen werde ich wütend, wütend auf die Situation, auf meine Hilflosigkeit, auf alles, was mich ausmacht, und ich schreie laut in den Wald hinein und ein paar Vögel flattern erschreckt auf. Blut tropft den Pfahl hinunter, gemalte Ausrufungszeichen, dass ich auch ja genau hinhören, hinsehen, hinfühlen solle.

Ich zwinge mich, langsam zu atmen, und beruhige mich etwas. Ich drehe mich zum Braunen um.

„Es muss sich was ändern, Brauner, hörst du? So darf es nicht weitergehen. So nicht! Jetzt muss ich mich erst einmal versorgen und das nächste Mal bringe ich Handschuhe mit. Versprochen, Brauner, es geht weiter; das Leben kriegt mich nicht klein."

Ich lasse meine Sachen liegen, wo sie sind, und mache mich etwas wackelig auf den Heimweg. Noch habe ich allerdings keine Idee, wie ich dieses Mal meinen ramponierten Zustand erklären kann.

„Du lieber Himmel! Michaela! Was machst du bloß? Das wird ja immer schlimmer! Guido, komm mal schnell. Müssen wir damit ins Krankenhaus?"

Indessen führt mich Mama besorgt ins Badezimmer und wäscht mir sanft das Blut ab.

„Ah gut, das sieht schlimmer aus, als es ist. Aber wie hast du das nur wieder hingekriegt? Du warst doch früher immer so … vorsichtig."

Papa steht mittlerweile hinter uns und schaut Mama über die Schulter.

„Uhh, mein Schatz, das tut sicher weh, ich hol' mal was zum Kühlen."

Oh nein, nicht schon wieder! Ich kann bei Schmerzen supergut Tränen wegdrücken, aber ist jemand in solchen Momenten lieb zu mir, heule ich los wie ein kleines Kind. Schrecklich. Ich drehe den Kopf zur Seite, damit Mama das Kullern nicht sieht.

Es dauert eine Weile, bis alles gesäubert und verbunden ist.

„So, nun lege deine Hände auf die Kühlpads und erzähl!"

Am besten so nah wie möglich an der Wahrheit bleiben, dann kann ich mich nicht so leicht verplappern, denke ich, während mir dieses Mal die Kälte wohltuend in den Körper kriecht.

„Wir haben Babs' Pferd geputzt. Das war lange auf der Weide und sah fürchterlich aus. Mähne und Schweif waren total verknotet, bin mit dem Kamm nicht durchkommen und hab's mit den Fingern versucht. Na ja, hab beim Erzählen zunächst gar nichts gemerkt. Erst als es zu spät war, und dann bin ich gleich hergekommen. Ich wusste ja, du kriegst das wieder hin, Mama."

„Du traust dich zu einem Pferd? Du???" Mama schaut mich ungläubig an.

„Mit Babs geht's. Der Braune tut einem aber auch nichts mehr, ist viel zu alt dafür."

„Trotzdem! Du wagst dich doch sonst nicht einmal an ein Schoßhündchen mit Schleife heran. Ich bin wirklich beeindruckt, mein Schatz."

Mama blickt mich fest an, forschend, auch zweifelnd, als ob sie eine andere bedrohlichere Wahrheit befürchte. Aber ich lächele sie zufrieden an und kann sie damit tatsächlich beruhigen. Schließlich habe ich wirklich nicht viel Falsches erzählt, nur Babs dazu gedichtet. Im Grunde könnte man sogar noch stolzer auf mich sein. Ich habe nämlich das mit dem Pferd ganz allein geschafft.

„Unsere Maus wird erwachsen, das ist doch toll!"

Papa gibt mir einen anerkennenden Klaps auf die Schulter.

„Babs scheint dir gutzutun. Und die Finger heilen sicher schnell."

Mama nickt und streichelt mir über den Kopf.

„Aber schreiben kannst du die nächsten Tage sicher nicht, das steht fest. Erinnere mich bitte, dass ich morgen die Entschuldigung für die Schule nicht vergesse. So, und nun gibt's Kirschschmarrn, den haben wir uns alle auf den Schrecken verdient!"

Was wohl die Jungs dazu sagen werden? Ich muss schmunzeln. Auf jeden Fall habe ich die beste Begründung der Welt, ihnen die nächste Woche oder vielleicht sogar Wochen nicht helfen zu können. Ihre Hausaufgaben müssen sie erst einmal selbst machen.

Montag.

Alle drei, Falk, Ingo und Mark, schauen mich in der ersten Pause an, als käme ich vom Mond.

„Wie, du hast nichts erledigen können? Du hattest ein ganzes Wochenende Zeit."

Ingo kommt bedrohlich auf mich zu.

Ich hebe schulterzuckend meine verbundenen Hände und bemühe mich, nicht zu genugtuend zu wirken. Es scheint zu klappen, sie verziehen verärgert den Mund und drehen dann ab.

„Aufgeschoben ist nicht aufgehoben. Ich hoffe, du weißt das?", wirft mir Falk im Weggehen noch zu. Und ich weiß das nur zu gut. Aber einige Tage Luft habe ich mir jedenfalls verschafft, das ist doch schon mal was.

Als ich nach der achten Stunde die Schultreppe langsam hinuntergehe, genieße ich dieses Gefühl der Gelassenheit. Keine Hetze, kein Herzklopfen, keine Angst, heute kann mir nichts passieren.

In diesem Moment springt Falk an meine linke Seite, greift meine Hand und drückt kräftig zu. Ich gehe sofort in die Knie, Tränen schießen mir in die Augen und mir wird schlagartig schlecht.

„Aua!" Zu mehr bin ich nicht fähig.

„Ups, da scheint ja jemand tatsächlich verletzt zu sein, das tut mir aber leid."

Mit einem süffisanten Lächeln zieht mich Falk wieder hoch.

„Aber du wirst mir doch nicht erzählen, dass du so blöd bist, beide Hände gleichzeitig außer Gefecht zu setzen. Das sollte selbst dir Tollpatsch nicht gelingen. Also, zeig mir deine rechte. Nicht, dass du meinst, uns zum Narren halten zu können."

Er pfeift kurz und sofort eilen Ingo und Mark herbei.

Ich schüttele den Kopf. „Wirklich nicht. War beim Pferd, alles ist wund."

„Ah, ich verstehe, das passt schon eher. Bist auf deinen Händen geritten statt auf deinem Po. Der ist ja schon von einem anderen Pferd malträtiert worden, nicht wahr?"

Alle drei lachen und ich nutze schnell die Gelegenheit und sprinte nach links in den Gang mit den Toiletten. Ich bin schon durch die erste Tür, habe fast eine der Kabinen erreicht, da reißt mich Ingo an meinem Rucksack zurück und ich falle rücklings auf den Boden. Falk schiebt Ingo beiseite und stellt sich zufrieden über mich.

„Vergiss es, Michaela, du wirst nie schnell genug sein. Aber Respekt, du hast es immerhin versucht."

Er reibt sich die Hände, als käme nun erst das richtige Vergnügen. Ich schließe die Augen, auch das hier wird irgendwann vorbeigehen. Nur bitte, bitte lass es nicht so weh tun.

„Heute Morgen hast du uns für einen kurzen Moment überrascht, das muss ich ja zugeben, aber dann? Schon die letzte Woche hast du uns ein paarmal ausgetrickst und bist uns entwischt. Das allein muss schon Konsequenzen haben. Aber ich frage mich, auf welche dumme Gedanken du sonst noch gekommen bist? Vielleicht sind sogar die Bandagen nur Tarnung? Dem muss ich einfach auf den Grund gehen. Du verstehst?"

Statt auf eine Antwort zu warten, tritt er auf meine rechte Hand, Ingo auf meine linke. Ein Reißen durchfährt meinen ganzen Körper, mir wird schwindelig. Scheiße, tut das weh.

„Wir wollen dir doch nichts, Michaela. Dir nur ein neues Anliegen unterbreiten. Geradezu sehnsüchtig haben wir letzte Woche darauf gewartet, mit dir eine neue Vereinbarung zu treffen, die alle glücklich und zufrieden machen wird. Eine dauerhafte Win-win-Situation sozusagen. Aber du meintest ja, dich vor uns verstecken zu müssen. Ich weiß, ich weiß, die letzte Begegnung mit Ingo war ein wenig unglücklich, das gebe ich zu. Aber er hat nun mal ein etwas ungezügeltes Temperament, das man nicht unbedingt reizen sollte. Aber auch damit wirst du in Zukunft keinerlei Probleme mehr haben, das verspreche ich dir. Es sei denn natürlich, er müsste dich an gewisse Regeln erinnern, die wir gleich erstellen werden."

Falk verlagert sein Gewicht.

„Au, hör auf." Ich stöhne und schlucke gegen den Brechreiz.

„Versteh es doch als Kompliment – schulisch gesehen kannst du einfach alles besser als wir. Warum also sollten wir uns ohne Erfolg abmühen, wenn es dir so leicht von der Hand geht."

Falk lacht selbstgefällig und dreht seinen Schuh auf dem Verband hin und her. Ich schlucke schneller.

„Sorry, für den Moment definitiv die falsche Wort-wahl. Aber es fällt dir einfach leichter als uns. Wenn du einverstanden sein solltest ..." – wieder ein Dre-her mit dem Schuh und ich sehe die sprichwörtlichen Sterne – „uns regelmäßig und unaufgefordert die Hausaufgaben vom Hals zu halten, indem du sie ganz selbstverständlich für uns machst, dann würden wir *unsere schützende Hand*, die natürlich nicht lädiert ist", sie klatschen sich lachend ab, „über dich halten und dir jegliches weitere Ungemach vom Hals halten ... oder von den Händen natürlich, ganz wie du willst. Das ist doch gut, oder? Keine Antwort? Auch 'ne Ant-wort, wunderbar! Erhol dich erst einmal, wir sind schließlich keine Unmenschen. In einer Woche hast du alles fertig, auch den zweiten Bioaufsatz für Mark, verstanden? Und ab dann treffen wir uns täglich vor Schulbeginn, am besten ... hm ... am besten an der großen Eiche am Friedhof. Das liegt auf unser beider

Weg und ist noch weit genug entfernt von der Schule. Nicht, dass uns noch jemand auf die Schliche kommt. Wäre doch schade um deine harte Arbeit."

Ich antworte nicht, versuche nur alles auszuhalten, das Pochen, Reißen, Stechen im ganzen Körper und das Brennen in der Kehle. Ich habe Angst, den Mund zu öffnen und Falk vor die Füße zu kotzen. Langsam atmen, es wird vorbeigehen.

Ein Mullzipfel hat sich gelöst und Falk ergreift ihn, zieht und schert Wicklung um Wicklung schmerzhaft ab.

„Ui, das sieht wirklich nicht gut aus. Pass bloß auf, dass sich das Ganze nicht noch entzündet."

„Komm, Falk, die hat doch genug, lass uns verschwinden."

War das Mark? Seine Stimme klingt erstaunlich erschrocken. Aber wer oder was es auch war, Falk schert sich eh nicht drum.

Ein letztes Mal stellt er sich auf meine Hand und dreht sich auf dem Absatz um. Ich höre es knacken, werfe mich reflexartig hoch und spucke ihm einen großen Schwall Mittagessen hinterher. Immerhin bin ich dieses Mal schnell genug, um noch seine Hosenbeine zu erwischen. Dann sacke ich wieder nach hinten, fühle mich so erschöpft, als könnte ich nie mehr aufstehen. Komische Laute dringen aus meiner Kehle. Es dauert eine Weile, bis ich merke, dass ich weine. Aber warum nur? Warum jetzt? Jetzt spüre ich doch gar nichts mehr, nur Leere, wohltuende Leere.

„Heilig's Blechle, wer bisch du noh?" Der Hausmeister Herr Hagele kniet sich neben mich und fühlt meinen Puls. „Hedd dai Kreischlauf wohl ned mitgschpielt, gell? Na, des han mir gloi wiedr. Wa soll i noh arufa, du kannschd so ja ned hoim laufa. Oh, wie du aussieschd, rapple wir di erschd amol uf, gell?"

Er packt mich unter die Arme und stellt mich auf die Beine, als sei ich eine Puppe. Ich schwanke etwas – mir ist immer noch schlecht.

„Noi, ned wedr falla, dahana isch a Schduhl, sedz di mol hin. Wie kann i dai Muadre erlanga? Isch sie dahoim?"

Ich schüttele den Kopf. „Geht schon wieder, Herr Hagele, danke. Noch ein paar Minuten, dann bin ich wieder fit. Dann mache ich hier auch sauber. Sie haben schon genug zu tun."

„Ah hanoi, des isch ka Broblem, mach dir mal koi Sorg. Zeich mir mol dai Hand. I mache mol einen neia Verband draa. Wardr."

Es dauert keine zwei Minuten, dann steht er wieder vor mir mit einer Cola und dem Erste-Hilfe-Kasten. Ich trinke die Flasche in einem Zug leer und stoße daraufhin kräftig auf. Herr Hagele lacht.

„Jedzd gohds dir bessa, gell?" Er verbindet mich noch und klopft mir aufmunternd auf die Schulter.

„Sodele, so müssde's geha. Sichr, dess i koi aarufa soll?"

Ich nicke und wanke nach draußen. Ich atme tief ein, die frische Luft tut gut. Mir kommen wieder die

Tränen und ich fühle mich trotz der Nettigkeit von Herrn Hagele wie das letzte Stück Dreck. Von Wut und gutem Willen keine Spur. Ich denke an den Sack voller Erwartungen und hämischer Blicke, den ich regelmäßig abwerfen soll. Vielleicht klappt es ja auch mit einem Sack voller Demütigungen. Aber jetzt habe ich keine Kraft mehr dafür, ich will nur schnell zum Braunen und so tun, als gäbe es die Welt der Schule nicht.

Man sieht noch, wie viel Mühe ich mir mit dem Verlesen der Haare gegeben habe. Buschig sieht der Schweif aus, fast unproportioniert groß im Vergleich zu dem hageren Rest. Auch die Mähne hat was von frischer Dauerwelle auf dem Totenbett. Was habe ich mir dabei nur gedacht? Alles sieht so falsch aus, dass ich wieder weinen muss. Was soll das Ganze überhaupt? Ich verspreche mir Heilung von einem Pferd, das sich selbst nicht wehren kann, wenn man es verschandelt? Ich lache verächtlich auf. Jetzt ist der Hass wieder da, dieses Gefühl, das ich so gut kenne, der Hass auf mich, auf alles und auf jeden. Und jetzt hasse ich auch diesen blöden, nichtsnutzigen, einfach überflüssigen alten Gaul, der mir die Zeit stiehlt und wahrscheinlich sogar froh ist, wenn er mich wieder los ist.

„Warum bewegst du dich nicht, du dummes Vieh? Lauf endlich, lauf weg von mir!"

Ich hebe einen Stein auf und schleudere ihn in Richtung Pferd. Ich schreie es an, schreie wie am Spieß, um es wie Glas zerspringen zu lassen. Aber allein mein Hals kratzt und ich muss husten, dann wieder weinen und fühle mich noch erbärmlicher als vorher. Schniefend gehe ich an den Braunen heran.

„Tut mir leid, Großer, bin heute nicht gut drauf. Ich habe dir doch schon von den drei Idioten in meiner Klasse erzählt. Die machen mit mir, was sie wollen, und quälen tun sie mich auch."

Wie ein Film zieht die Szene auf der Toilette an meinem inneren Auge vorbei und ich bin immer noch entsetzt, dass mir passiert, was ich da sehe.

„Die ticken gerade richtig aus, echt Wahnsinn. Aber ich bin zu feige, um was zu ändern. Einfach zu feige … Sei nicht böse auf mich wegen eben, ich hab's nicht so gemeint."

Instinktiv lege ich meine Stirn an seine und ruhe mich so ein wenig aus. Vor einer Woche noch hätte ich einen Stoß erwartet, der mich durch die Lüfte schleudern würde, aber heute weiß ich, dass nichts dergleichen passieren wird. Kopf an Kopf stehen wir so eine ganze Weile und ich spüre meinen warmen Atem in seinem Fell. Im Stehen schlafen zu können, das wäre toll. Einfach wegdämmern und erst wieder aufwachen, wenn die ganze Erinnerung in geheimen Schubladen versteckt worden ist. Ich schließe die Augen und habe tatsächlich so etwas wie Sekundenschlaf.

„Ich sollte jetzt wirklich nach Hause und erst mal ins Bett. Auf jeden Fall streiche ich diesen Tag aus meinem Kalender. Sonst kommt das Morgen vielleicht noch auf die Idee, so werden zu wollen wie das Heute. Und das wäre echt scheiße."

Ich gebe dem Braunen noch einen flüchtigen Kuss auf seine kleine weiße Flocke und mache mich schwerfällig davon.

Ich komme leider nicht zum Schlafen. Mama ist beim Verbandswechsel entsetzt, meine rechte Hand ist geschwollen und rot. Sie schleppt mich zum Arzt; es wird untersucht, geröntgt und geschient. Ein Mittelhandknochen und der kleine Finger sind gebrochen. Wieder die Frage, wie ich das nur angestellt habe. Ein Sturz, ein Geländer, unglückliches Abstützen, tja, das kann passieren und passt zu mir als Pechvogel. Es wäre so leicht, jetzt die Wahrheit zu sagen. Wahrscheinlich gäbe es sogar Beweise, Stoffpartikel an Falks Schuhen, die Kotze an der Hose, aber nicht heute. Heute will ich nur Ruhe, schlafen und vergessen.

Dienstag.

Mama will mich heute zu Hause lassen, aber dann könnte ich nachmittags nicht zum Braunen. Das wäre doof und mit den Schmerzmitteln geht es mir erstaunlich gut. Außerdem ist Dienstag und vielleicht ergibt sich die Möglichkeit, noch mal mit Frau Schuster zu sprechen. Irgendwas muss sich ändern, das weiß ich. Nur noch nicht wie … Wenn mir aber jemand helfen kann, dann sicherlich Frau Schuster. Ein zweites Gespräch könnte ein Anfang sein.

Zunächst haben wir aber Mathe bei unserer Klassenlehrerin Frau Renns. Auch sie mag ich. Sie ist etwas nüchtern, aber total gerecht und kann super erklären. Mathe war bis zur Achten mein schlechtestes Fach, dann kam sie und die Lampen gingen an.

„Guten Morgen. Bevor wir loslegen, möchte ich noch etwas ankündigen. Es kommt ein neuer Schüler zu uns in die Klasse. Theodor Jenson aus Neuseeland. Die Mutter ist Deutsche und ist nach dem Tod ihres Mannes mit dem Sohn zurück in ihre Heimat gekehrt.

Einige von euren Eltern könnten sie sogar noch kennen, sie ist eine geborene Sessner. Aber egal. Ich möchte, dass ihr den Jungen gut aufnehmt, ihm helft, wo ihr könnt. Er ist schon sechzehn, damit sicher ein Jahr älter als die meisten von euch. Der Direktor meinte, es könne nach dem Wechsel ganz gut sein, in die Zehnte zurückzugehen, um mit der Sprache besser klarzukommen. Ich denke, das sollte uns alle nicht stören, oder? Michaela, ich würde ihn gern neben dich setzen."

Ein amüsiertes Jodeln geht durch den Raum, allen voran natürlich Falk.

„Stopp! Was soll denn der Unsinn? Ihr seid doch nicht mehr zwölf. Michaelas Englisch ist gut genug, um bei Verständnisschwierigkeiten schnell einspringen zu können. Geht doch in Ordnung für dich, oder?"

Ich nicke mit hochrotem Kopf und das leise Hänseln geht weiter. Annabell höre ich vor mir deutlich genug.

„Na, so bekommst du auch mal jemand ab. Viel Spaß bei heißen Träumen."

Ich schließe die Augen und werfe das Gemurmel in meinen Sack.

Beim Sport sitze ich auf der Bank, bin natürlich freigestellt. Direkt beim Aufwärmprogramm kommt Frau Schuster zu mir und schaut mich besorgt an.

„Du siehst nicht gut aus, Michaela. So schlimm?"

Sie schaut auf meine Hände und mir kommen sofort die Tränen. Verflucht! So kann man doch nicht vernünftig reden. Frau Schuster setzt sich sofort neben mich und hält meinen Arm.

„Michaela, was ist los? Hat das was mit deiner Verletzung zu tun? Wie ist das passiert?"

Sie schüttelt mich leicht.

„Michaela, bitte, wenn man dir helfen soll, dann musst du reden."

Ihre Stimme ist lauter geworden und viele aus der Klasse sind stehen geblieben und beobachten uns. Auch Falk, Ingo und Mark starren mich an, warnend. Ich schüttele den Kopf.

„Alles gut, Frau Schuster, ich habe nur ziemliche Schmerzen. Hab's mit der Pferdepflege etwas übertrieben und meine Hände aufgerissen. Ist bald schon wieder gut. Danke."

Frau Schuster blickt mich noch einen Augenblick fest an und geht dann zurück zur Klasse. Chance verpasst. Aber so schnell will ich nicht aufgeben. Ich habe noch über eine Stunde, um mir einen neuen Plan auszudenken. Ich muss mich nicht umziehen – das gibt mir fünf Minuten Vorsprung vor den anderen. Genau.

Nach dem Gong flitze ich aus der Turnhalle und renne direkt in Herrn Hagele hinein.

„Ah, da isch ja mai Mädele von geschdern. Alles wedr guad?"

Das ist die Lösung! Herr Hagele muss meine Rettung sein! „Nein, überhaupt nicht, Herr Hagele. Darf ich mal mit Ihnen reden?"

„Mid mia? Ha jo, klaa. Was isch no los? Komm erschd emol mid, noh drinka mir en heissa Dee, das dud de Seele guad."

Ich folge ihm in sein Büro, das überraschend freundlich aussieht mit bunten Blumen überall und hellen Gardinen. „Da schdaunsch du, gell? Isch hald ma Wohndzimma, bin dahana do die meischde Zeid. Muss mi do au a bissle verwöhna bei all däm Dregg um mi rum. Hir, dai Dee. Schd frische Minze aus moim Garda."

Ich trinke. Hmm, ist wirklich gut. „Danke! Das konnte ich gebrauchen."

„Sodele, ond nu raus mid der Schbrach. Was haschd du ufm Herza?"

„Ich wollte Sie nur fragen, ob es in der Schule eine Art Hinterausgang gibt. Eine Tür, die niemand nutzt und die sie mir vielleicht aufschließen könnten ..."

Herr Hagele schaut mich verdutzt an. „Wozu des noh?"

„Es gibt da drei Jungs, die mich regelmäßig ärgern. Und ich will nicht jeden Tag aufpassen müssen, wo sie sind und wie ich ihnen entwischen kann. Ich weiß, das ist feige, aber vielleicht verlieren sie ja mit der Zeit das Interesse an mir, wenn ich nachmittags nie mehr da bin ..."

„Des isch abr koi Lösung. Haschd du scho mid den Lehrern odr dai Eldern greded?"

„Nein, und das will ich auch nicht. Ich will keinen Aufstand, nur in Ruhe die Schule verlassen können. Verstehen Sie?"

„Ha, scho, abr des heischd nchd, dess es recht isch. Du muschd erzähla, wovor du Angschd haschd. Du musschd di wehra, sonschd nimmsch dai Broblema mid, egal wo Tür du nimmschd, um ihna endkomma zu wolla."

„Das mag alles sein, aber so weit bin ich noch nicht. Ich brauche im Moment nur etwas Luft, Abstand von all dem Scheiß. Dann hat sich entweder mein Problem automatisch gelöst oder …"

„Odr?"

„Oder wir sehen weiter … Helfen Sie mir? Bitte, Herr Hagele, ich kann ihnen auch ein bisschen Arbeit abnehmen als Dank. Bitte!"

„Soweid kommds no. Uf gar koin Fall. Haschd gnug zum Dun."

Herr Hagele atmet tief ein und aus und nickt mehrmals dann energisch.

„In Ordnung, abr nur für kurze Zeid ond i bhalde di im Aug. Und wehe, i erwisch die drei, noh könna sie was erleba."

Ich springe auf und umarme Herrn Hagele. „Sie sind der Beste."

„Na, des wird au mol Zeid, dess des einr mergd."

Er lacht und gibt mir ein Zeichen, ihm zu folgen, um mir den geheimen und für mich sprichwörtlichen Notausgang zu zeigen.

„Hallo, Brauner, hab' ich dich gestern erschreckt? Ich weiß, ich war ganz schön laut und hab' dumme Sachen gesagt. Aber das zum Schluss hat mir gut gefallen. Dir auch?"

60

Ich lasse meinen Kopf ganz sacht gegen seine Stirn fallen.

„Wie bei den Maori aus Neuseeland, die begrüßen sich auch so. Wenn du ein Mensch wärst, würden wir noch unsere Nasen plattdrücken und so zur Begrüßung unseren Atem austauschen. Ist mir auch nur eingefallen, weil wir morgen einen Neuseeländer in die Klasse bekommen. Er hat seinen Vater verloren und muss hier bei uns komplett neu anfangen. Die Mutter ist wohl hier aufgewachsen, aber für ihn ist alles fremd. Echt krass! ... Apropos krass, unser Hausmeister wird mir in Zukunft helfen, heimlich aus der Schule zu verschwinden. Stark, oder? Herr Hagele heißt er. Du müsstest ihn mal sprechen hören, total süß. Passt überhaupt nicht zu ihm. Ein richtig schwäbischer Singsang, dabei sieht er aus wie ein Bär. Auf jeden Fall werden die Jungs dumm aus der Wäsche gucken, wenn sie mich nicht mehr finden und ihre Aufgaben selbst erledigen müssen. Gehe mal schwer davon aus, dass sie sich während der Unterrichtszeit nicht an mich herantrauen. Glorreiche Zeiten, was meinst du?"

Ich stöhne auf. „Na ja, ich hoffe es wenigstens. Aber nun zu uns. Ich würde dich ja gern hinter deinen Ohren kraulen. Ich glaube, das würde dir gefallen, oder? Musst dich aber noch etwas gedulden."

In diesem Moment nehme ich über mir etwas Undefinierbares wahr. Ich richte mich auf. Kann das sein? Da klappt auch das linke Ohr nach vorne.

„Hey, Brauner, ich fass' es nicht, du lebst tatsächlich." Ich streichele ihm nun mit meinem rechten Unterarm über den Nasenrücken, ganz langsam und vorsichtig. Klapp, Klapp, zur Seite, nach vorne, mal rechts, mal links. „Bist ja ganz aufmerksam, das ist ja schön. Als ob du mir nun zuhören würdest, dabei plappere ich doch wie immer nur so vor mich hin."

Am liebsten würde ich aufspringen, vor Freude auf der Wiese herumtollen, jubeln und klatschen, aber damit würde ich den Zauber zerstören. Ich streichele weiter.

„Ja, nicht wahr? Wozu braucht man schon den Atem, wenn es Ohren gibt? Wackle nur schön weiter und höre meine Stimme. So ist es gut."

Tränen steigen mir in die Augen, aber dieses Mal nicht vor Schmerz, Scham oder Wut. Ich schniefe und strahle gleichzeitig – verrückt. Ich bin wirklich glücklich und alle – sowohl Falk als auch Ingo oder Mark – sind mir in diesem Moment absolut egal.

3

Mittwoch.

Wow! Das ist er also: Theodor Jenson aus Neuseeland. Der Direx hat ihm die Schule gezeigt und ihn bis zu unserer Tür gebracht, kurz vorgestellt, blabla. Nun steht er da, ein Traum mit wuscheligen braunen Haaren und den blausten Augen ever. Ich falle ihm sofort vor die Füße, bildlich gesprochen natürlich, und schmachte. Ich bin absolut sicher, ich bin nicht die Einzige. Es ist mucksmäuschenstill im Klassenzimmer, als er auf mich, **mich** zukommt und sich neben mir fallenlässt. Ist das cool. **Ich** darf neben ihm sitzen und nicht irgendeine Primadonna unseres Klassenlaufstegs.

„Hi, I am Michaela and I do whatever you want me to do." Die Klasse brüllt vor Lachen. Habe ich das wirklich gerade gesagt?

„Spring ihm doch gleich auf den Schoß", ruft Annabell spöttisch und ich versuche hochrot, aus der Nummer wieder raus zu kommen.

„Ah, I mean I can help you if you want me to." „Handanlegen wird er schon selbst noch können. Das lernt man in Neuseeland bestimmt auch", prustet jetzt Ingo heraus.

Frau Renns wirft verärgert ihre Tasche auf einen Stuhl. „Schluss jetzt, das ist nicht lustig! Oh Mann, ihr seid wirklich unmöglich! Danke, Michaela. Well, Theodor …" „Theo!", knurrt es neben mir heraus.

„Okay, Theo, welcome to our class. Willkommen in der 10a. Wir freuen uns, dass du da bist. Ich habe gehört, dass dein Deutsch recht gut ist. Wir versuchen aber, langsam zu sprechen, damit du gut mitkommen kannst. Falls es Probleme gibt, wende dich im Unterricht ruhig an Michaela. Sonst sind wir anderen bei Fragen natürlich auch für dich da. Also! Auf eine schöne Zeit miteinander und an alle: Bitte keine blöden Sprüche mehr, danke!"

Ich schiebe wortlos das Mathebuch in die Mitte unseres Tisches, aber Theo macht keine Anstalten, hineinzuschauen. Ich habe mich ein wenig beruhigt, zeige ihm die Aufgabe, die wir bearbeiten sollen, bekomme aber keine Reaktion. Im Gegenteil, er steht einfach auf und wirft sich an einen leeren Tisch rechts in der Ecke.

„Der hat Geschmack, der Junge." Falk und Ingo klatschen sich ab.

„Ich habe euch gewarnt, das gibt einen Eintrag. Ihr zwei kommt bitte am Ende der Stunde zu mir."

Ich kämpfe indessen wieder mit den Tränen, will Theo die Schuld geben, auch ihn hassen, aber es gelingt mir nicht. Er sitzt da, nein, er hängt eher da und gibt sich komplett desinteressiert. Dass er sich so was am ersten Tag überhaupt traut. Schon beeindruckend! Er starrt auf irgendeinen Punkt am Boden und rührt sich die ganze Stunde nicht. Als es schellt, springt er auf und ist als Erster durch die Tür.

Frau Renns seufzt. „Na, er wird sich schon einkriegen, ist halt nicht leicht für ihn. Wir müssen einfach ein wenig Geduld mit ihm haben und dürfen nichts persönlich nehmen."

Sie schaut mich aufmunternd an und ich weiß, ich werde mein Bestes versuchen.

„Fuck off!"

Ich springe erschrocken zur Seite und erhasche noch einen bösen Blick von Theo, als hätte ich ihn angerempelt und nicht er mich. Die Gänge sind zwar schmal, aber er hätte doch auch ein bisschen aufpassen können. Warum nur ist er so aggressiv? Alles an ihm wirkt angespannt und zum Angriff bereit. Selbst die Jungs trauen sich nicht an ihn heran. Aber das erleichtert mich ein wenig – er macht zumindest keine Unterschiede. Auch in den anderen Fächern verweigert er sich, fläzt sich an die Wand, die Füße auf einem Stuhl, die reinste Provokation. Es fehlt eigentlich nur noch der hochgestreckte Mittelfinger. Die Lehrer aber begrüßen ihn nur kurz und schauen dann über ihn hinweg. Wahrscheinlich haben sie sich vorher abgesprochen.

„Hallo, Brauner!"

Ich bleibe dieses Mal vorne am Zaun stehen.

„Bekomme ich auch hier eine Begrüßung von dir?"

Ich muss gestehen, ich habe heute nicht oft an meinen gestrigen Erfolg gedacht. Dafür war Theo zu aufregend. Aber jetzt lenkt mich nichts ab, jetzt blinzele ich gespannt aus der Ferne, ob ich ein Ohrenwackeln sehe. JA! Da ist es! Und heute erlaube ich mir, mich lauthals zu freuen.

„Super, Brauner, bin gleich bei dir. Warte einen Moment." Ich flitze meine gewohnte Strecke um die Koppel herum, springe förmlich durch den Zaun und stehe eine Minute später und etwas aus der Puste vor ihm.

„Na, Großer, da staunst du, was? Ich kann auch flink." Prust. Ich hüpfe zurück.

„Iiihh! Das ist ja … bäääh!"

Gefühlt ist der Sabber eines ganzen Pferdelebens auf mich niedergegangen. Ich schaue an mir herab und sehe überall schwärzlich labbrige Schleimfetzen.

„Bäh! Echt, das ist widerlich! Hättest du mich nicht vorwarnen oder den verfluchten Rest des Tages nutzen können?"

Nochmals Prust und weiterer Schnodder tropft auf den Boden.

„Ach je, du armer Kerl, hast du dich erkältet? Du sahst allerdings die ganze Zeit schon so verklebt aus. Und ich habe leider keinen Lappen, um dir mal richtig die Nase zu putzen. Macht man wahrscheinlich auch nicht, aber die ganzen Krusten müssen doch mal raus. Hm, ich könnte ja den linken Verband abnehmen, der kommt heute Abend sowieso weg. Wasser habe ich auch noch, mal sehen, ob das klappt."

Ich beiße das Pflaster ab, halte den Anfang zwischen den Zähnen und wickle durch kreisende Armbewegungen die Mullbinde ab. Ich knülle mit links alles zusammen, kippe den Rest aus meiner Thermoskanne drüber und versuche dann weiterhin einhändig, die Nüstern zu säubern.

„Schön den Kopf ruhig halten. So ist es gut. Ja, ich weiß, als ob du je etwas anderes gemacht hättest, als den Kopf ruhig zu halten. Prima."

Stoisch erträgt der Braune mein Pulen, Reiben und Wischen.

„Ich bin dir ja dankbar, aber wenn mir jemand so in der Nase herumwerkeln würde, könnte es mir noch so schlecht gehen, ich würde um mich schlagen. Ja, du machst das ganz wunderbar."

Das Gröbste ist weg, aber bäh, wohin nur mit dem Mist? Muss ich morgen mitnehmen, schleppe ich auf jeden Fall nicht durch den ganzen Wald zurück. Ich will meine Hand im Gras sauberwischen, aber stattdessen wird sie noch dreckiger. Ich halte sie wie einen Fremdkörper von mir weg und muss plötzlich lachen.

Nach einem erneut verkorksten Vormittag bin ich zuerst auch noch von einem Pferd berotzt worden und dann gefühlt selbst zu einem übergroßen Popel geworden. Mit einem Mal ist alles so eklig, dass ich nur noch die Wahl habe zwischen hysterischem Ausflippen und dem schicksalsergebenen Lachanfall. Etwas in mir entscheidet sich fürs Lachen, ich gehe in die Knie und lache, lache und weine, weine und lache. Dabei wackelt der Braune mit den Ohren und prustet sich ab und an frei. Mir geht es deutlich besser.

Donnerstag.

Herr Hagele ist wirklich klasse. Ich gehe nach dem letzten Gong noch bis zum LehrerInnenzimmer. Als Streberin fällt es gar nicht auf, angeblich noch Fragen zu stellen. Vom Untergeschoss komme ich supergut zum vereinbarten Ausgang. Herr Hagele steht schon mit seinem riesigen Schlüsselbund bereit, schließt für mich zwinkernd auf und hinter mir wieder ab. Das ging gestern gut und heute ist es auch perfekt. Was für ein Gefühl! Kein Schulportal, kein Schulhof, einfach nur Freiheit. So habe ich mir das vorgestellt. Beschwingt laufe ich durch den Wald, es ist neblig heute, klamm und kalt, aber das macht nichts. Habe mir extra einen dicken Pullover mitgebracht und … Einmalhandschuhe. An zwei Stellen sind die Risse links noch nicht ganz abgeheilt und ich habe Angst, dass die Wunden sich doch noch entzünden.

„Nicht wahr, Brauner, auf dir wimmelt es sicher nur so vor lauter kleinsten Ungeziefern und fiesen Erregern, das kann ich überhaupt nicht gebrauchen.

Aber erst einmal müssen wir uns richtig begrüßen, nicht wahr?"

Wir machen unseren Spezialhongi und ich schließe meine Augen. Ich höre die Vögel, sie zwitschern so munter drauf los, als hätten sie keinerlei Probleme. Wo ist die Angst, sie könnten kein Futter finden, die Sorge um ihre Jungen oder die Ahnung, sie könnten selbst gefressen werden? Ich nehme nichts dergleichen wahr, aber vielleicht verstehe ich auch einfach nicht ihre Sprache. Vielleicht ist das, was mich gerade erfreut, eine aufgeregte Warnung und ich müsste eigentlich Mitleid haben.

„Ist doch gut, Brauner, dass wir nicht alles wissen, oder?"

Ich hebe vorsichtig meinen Arm und wage es, sein rechtes Ohr zu kraulen.

„Bin grad einfach nur froh darüber, wie es ist. Und du? Gefällt dir das? Ich kann nie genug davon bekommen, wenn Mama mir den Kopf streichelt."

Wie zur Antwort rutscht sein Kopf ein wenig tiefer. Seine Stirn drückt jetzt wirklich meine Nase platt und ich kann nicht mehr atmen. Ich richte mich gaaaanz langsam auf, rutsche quasi an seinem Nasenrücken hoch und bin dem Brauner nun so nah wie noch nie. Seine Ohren spielen an meinen Wangen und kitzeln. Am liebsten würde ich mich kratzen, will aber nichts falsch machen. Sein Scheitel liegt an meinem Hals, er lehnt sich förmlich gegen meine Brust. Ich rieche den blumigen Geruch des Balsams auf der Mähne und muss schmunzeln.

„Gut, dass es noch nicht so viele Insekten gibt. Ich hätte dir, glaube ich, keinen Gefallen getan."

Ich kraule weiter.

„Theo heißt er übrigens, der Junge aus Neuseeland. Eigentlich Theodor, will aber Theo genannt werden. Kann ich ihm nicht verdenken. Nichts an ihm klingt nach Theodor. Er verweigert sich tooootaaal. Heute hat unser Erdkundelehrer ihn gebeten, uns ein bisschen von seinem Land zu erzählen. Er hat einfach ‚NO‘ gesagt. Und als Herr Backes fragte warum, kam ein ‚I just don't want to‘. Stell dir das mal vor. Herr Backes war so perplex, dass er komplett aus dem Konzept geriet und fünf Minuten brauchte, wieder in unser eigentliches Thema zu kommen. Falk hat Theo angestrahlt, als hätte er einen neuen Verbündeten. Dabei könnten die beiden nicht unterschiedlicher sein. Der eine will cool sein, der andere ist es. Keine Ahnung, aus welchen finanziellen Verhältnissen Theo kommt, er kleidet sich auf jeden Fall normal. Jeans, T-Shirt, legeres, offenes Hemd drüber, gefällt mir. Bei Falk muss alles Marke sein. Jeder muss sehen, aus welchem Hause er kommt. Sprache, Stil, Gehabe, einfach alles ist abgehoben. Wäre ja egal, wenn er nicht so fies dabei wäre." Ich seufze.

„So jemand wie Theo guckt mich noch nicht einmal von hinten an. Er ist schon sechzehn, sieht aber noch älter aus. Ich glaube, er findet uns alle lächerlich und mich erst recht."

Meine Hand fährt nun unter die Mähne, sucht den herben Ansatz und reibt sanft vor und zurück, immer wieder aufs Neue. Der Kopf wird schwerer.

„Ach, Brauner, ich bin so froh, dass ich dich gefunden habe und dir alles erzählen kann."

Wir stehen noch eine Weile so zusammen und ich bilde mir ein, dass wir einander halten.

Freitag.

Ich sehe aus den Augenwinkeln, dass Falk sich Theo nähert. Ich bleibe gespannt an der Garderobe stehen und gebe vor, in meinem Anorak etwas zu suchen.

„Hi, Theo, ich bin Falk, ich …"

„Leave me alone!"

„Aber ich wollte nur …"

„Ah, fuck off!"

Sofort treten Ingo und Mark beschützend an Falks Seite. Theo dreht sich weg und lacht abfällig.

„You have enough bodies, boy."

„Hey, Arschloch, wollte nur freundlich sein. Aber du verstehst wohl nur die eine Sprache, also fuck selbst off."

Theo hebt den längst erwarteten Mittelfinger und trollt sich in die Klasse. Ich schmunzele. Endlich mal jemand, der nicht kuscht. Zu spät bemerke ich, dass Falk zu mir herüberschaut.

„Hey, Michaela. Vorsicht! Kein Grund, Oberwasser zu kriegen. Montag ist Abgabetag, wenn das mal klar ist. Bis dahin kannst du dich wegschleichen, so oft du willst. Glaub nur nicht, wir hätten das nicht bemerkt. Wir lassen das zu, kapiert? Nicht dass du denkst, du wärst schlauer als wir."

Falk lacht süffisant und fühlt sich offensichtlich wieder gut.

„Aber ich kann noch nicht schreiben. Ihr habt mir zwei Knochen gebrochen. Ich brauche sicherlich noch eine Woche."

„Netter Versuch! Lass dir halt was einfallen. Zur Not kann man auch mit links tippen. Montag, und dabei bleibt's!"

Ingo und Mark strecken mir drohend ihre Zeigefinger entgegen, als wollten sie mich damit aufspießen. Dann heben sie ihre Daumen in Richtung Falk, genauso wollen sie ihren Freund sehen, unnachgiebig und überlegen. Zufrieden trollen die drei sich in die Klasse und ich folge ihnen mit einem mulmigen Gefühl. Lydia ist die Einzige, die mich ansieht, während ich durch den Raum gehe. Ein Hauch Mitleid flackert über ihr Gesicht und vielleicht auch ein schlechtes Gewissen. Seit ich bei Falk vermehrt im Fokus stehe, geht sie mir aus dem Weg, will mit mir nicht gesehen werden, selbst am besten unsichtbar bleiben. Sie senkt den Kopf und ich suche andere Augen. Beate und Ramona sitzen nebeneinander und sind mit irgendwelchen Zetteln beschäftigt. Selbst Annabell nutzt nicht die Chance für einen blöden Spruch. Sie beobachtet Theo mit ihrer Klette Fiona. Überlegen wahrscheinlich zusammen, wie sie ihn knacken können. Und werden es wahrscheinlich auch irgendwann schaffen. Schon jetzt werde ich eifersüchtig und Falk ist vergessen. Von meinem Platz aus beobachte ich die beiden; sie könnten eigentlich nicht unterschiedlicher sein, abgesehen von den Klamotten natürlich. Annabell ist wirklich schön, einfach perfekt. Füllige goldblonde Haare, die ihr leicht wellig über die Schulter fallen. Ein Gesicht wie von einem Filmplakat, lange Wimpern, süße Stupsnase, volle Lippen, alles dezent geschminkt. Man muss einfach beeindruckt sein. Ich bin es auch, so lange zumindest, bis sie ihre Abfälligkeiten über andere ergießt. Sie ist das Klischee des allzu hübschen Mädchens, das alles bekommt, was sie will, und anderen ihre Überlegenheit allzu deutlich zeigt. Fiona dagegen ist nicht schön, aber auffällig. Sie ist groß, extrem schlank und hat lange glatte und pechschwarz gefärbte Haare. Ihr Gesicht ist kantig mit langer spitzer Nase, hoher Stirn und eckigem Kinn. Eigentlich interessant, aber zugedeckt unter mehreren Schichten Schminke, die die natürliche Schönheit Annabells nur umso mehr betonen. Aber das scheint Fiona nicht zu stören. Sie ist jede Sekunde an Annabells Seite, wählt deren Fächer, egal welche Noten sie hat, nur um neben ihr sitzen zu können. Sie gehen gemeinsam einkaufen, um sich im Partnerlook zeigen zu können. Und wenn das Geld bei Fiona fehlen sollte, dann arbeitet sie an freien Tagen oder in den Ferien in der Bäckerei ihres Onkels. Immerhin, sie tut was für ihr Ziel. Und sie schafft es ja auch – sie gehört dazu, zum Inner Circle.

In der Pause kann ich nicht anders und gehe zu Theo. Ich weiß ganz genau, dass er in Ruhe gelassen werden will, aber seine Unerschrockenheit, seine Stärke ziehen mich magisch an.

„Das war gerade echt super. That was really great. It's just what he needs, Falk I mean. Jemand muss ihm mal sagen, wo es langgeht."

„Hey, I don't need a fucking translator and no other fucking help either. You got that?"

Theo bombt mich mit seinen Worten und Blicken zurück.

„Sorry, ich … "

„Hey, what do you want from me? Shove off!"

Genervt lässt mich Theo stehen und ich kann nur froh sein, dass wenigstens ich keine Zuhörer habe. Am liebsten würde ich nach Hause, trotz Bio bei Dr. Grohns oder vielleicht mittlerweile sogar wegen Dr. Grohns. Er hat sich einfach zu sehr auf Mark eingeschossen, will ihn retten und weiß nicht, dass ich dabei die Leidtragende bin.

„Wo ist deine zweite Hausarbeit, Mark? Bis heute, hatte ich gesagt. Du wolltest doch deine Chance nutzen, von der Fünf runterzukommen. Nur weil ich mit der ersten zufrieden war, heißt das nicht, du könntest dich auf den Lorbeeren ausruhen."

„Entschuldigung, Herr Dr. Grohns, aber die Woche über hatte ich zu viel nachzuholen. Ich brauche das Wochenende noch, Montag früh habe ich sie, bestimmt, versprochen."

„Nun gut, die zwei Tage noch. Aber liegt sie am Montag nicht vor, dann … "

Dr. Grohns wendet sich kopfschüttelnd ab und mich trifft ein festes Papierknäuel von Falk. Ich halte es fest, habe die Warnung verstanden. Da macht mir Falk mit einer stummen Geste klar, dass ich die Botschaft auch zu lesen habe. *Du siehst, alles hat seine Konsequenzen,* steht auf dem Zettel, den ich leise unter dem Tisch glätte. Ich nicke Falk gehorsam zu und dann kriecht es mir schaurig kalt den Rücken hoch. Ich spüre ihn, Theos Blick, wie er mich durchdringt und die Scham erst richtig herauskitzelt. Ich schaue mich um und tatsächlich: Theos Verachtung ist nicht zu übersehen. Ich senke den Kopf und habe Schwierigkeiten, dem Unterricht zu folgen. Das spielt allerdings keine Rolle, denn Dr. Grohns scheint sich vorgenommen zu haben, Theo zu knacken. Immer wieder fragt er ihn, was er denn über Zellen, DNA, Chromosomen oder generell über Vererbung gelernt habe.

Nothing! Nothing! Nothing! Nothing!

Dr. Grohns gibt nicht auf, wird unspezifisch.

„Welche Themen habt ihr denn behandelt? Vielleicht bist du ja im nächsten Quartal im Vorteil."

Theo verschränkt seine Arme. „No! None!"

Dr. Grohns lächelt. „Ach so, ich verstehe, na, das würde hier auch so einigen gefallen."

Er schaut auf die Uhr. „Dann wollen wir mal weitermachen. Es freut mich auf jeden Fall, dich kennengelernt zu haben, Theo."

Ich weiß nicht, was ich mehr bewundern soll, die Gelassenheit von Dr. Grohns oder Theos konsequente Verweigerung.

„Um eines möchte ich dich aber bitten, Theo. Könntest du die Füße vom Stuhl nehmen? Stört irgendwie mein ästhetisches Empfinden."

Theo setzt sich gerade hin und schaut an die Wand.

„Damit kann ich leben, danke, Theo."

Eins zu null für Dr. Grohns, würde ich sagen.

Ich bin gespannt wie ein Flitzebogen, was wohl heute beim Braunen passiert. Ich habe Zuckerstückchen mitgebracht. Vielleicht kann ich damit seine Aufmerksamkeit locken. Aber natürlich kommt unser besonderer Begrüßungsmoment an allererster Stelle.

„Hi, Großer, weiß du eigentlich, dass wir uns schon elf Tage kennen? Morgen hätten wir das Dutzend voll, aber das können wir nicht feiern. Bei uns zu Hause steht allgemeiner Frühlingsputz an und ich muss mithelfen. Du hörst sicher, wie begeistert ich bin …"

Ich trete zurück und freue mich über sein Ohrenspiel. „Deswegen habe ich dir heute schon was Leckeres mitgebracht. Schau mal, mmmmhhh. Möhrchen wären zwar gesünder, ich weiß, aber ich kann mir dich nicht kauend vorstellen. Zucker löst sich im Mund einfach auf. Du musst nur dein Maul ein wenig öffnen, dann geht alles andere von allein."

Ich halte ihm meine flache linke Hand hin.

„Kein Interesse? Mal sehen."

Die Unterlippe hängt wie immer leicht herab und sieht aus wie die halbe Öffnung eines Schöpfgefäßes. Dort hinein lasse ich das Zuckerstück fallen, aber es kullert sofort zu Boden.

„Wie kriege ich dich nur aus diesem Halbschlafmodus? Das gibt's doch gar nicht. Aber warte mal! Ich habe doch gelesen, dass ihr hinten im Maul keine Zähne habt. Dann könnte ich es dir hier an den Lefzen einfach reinstecken."

Ich nehme mir ein Herz und schiebe vorsichtig Daumen und Zeigefinger in den Maulwinkel, stoße tatsächlich irgendwie ins Leere und lasse schnell den Zucker fallen. Aufgeregt beobachte ich, ob was geschieht. Es ist, als hätte ich einen unbekannten roten Knopf gedrückt und wartete nun auf eine Explosion.

„Was ist, Brauner? Schmeckt dir das? Ich habe mehr davon." Und dann sehe ich es. Ein Zittern geht durch die Unterlippe und es beginnt, vom haarigen Rand langsam zu tropfen. Oh nein, das ist schrecklich. Wie ein alter kaputter Wasserhahn. Ich will mich gerade ein weiteres Mal entschuldigen, da fährt eine eigenartige Welle den Hals entlang. Einmal, zweimal, dreimal. Was ist das nun Eigenartiges?

„Ja klar, Brauner, du schluckst. Das sieht ja witzig aus. Läuft dir das Wasser im Munde zusammen, ja?"

Ich klopfe ihn ausgiebig, als hätte er Höchstleistungen vollbracht. Ich stecke ihm gleich ein zweites Stück an dieselbe Stelle. Ich habe tatsächlich einen Knopf gedrückt, aber nicht den einer Bombe. Es ist, als ginge eine verrostete Maschine zögerlich wieder in Betrieb. Es zuckt mal hier, es zuckt mal da, die Ohren aber sind zunächst starr nach vorne gerichtet, als ob sie selbst nach innen horchen müssten, was wohl da Wunderliches im Gange ist. Die Lippen entwickeln ein waberndes Eigenleben mit einem stetigen wässrigen Rinnsal bis zum Boden. Dann, zack, zack, der Schweif schlägt einmal nach rechts und dann nach links. Ich kann's nicht fassen, der Braune wird wach. *Pling!* Wahnsinn! Die Augen sind auf. Mir wird sofort bewusst, dass sich nun alles ändern kann. Ich werde gesehen und damit leider auch angreifbar. Mein Herz klopft ziemlich schnell und mein Mund gleicht einer Wüste. Ich stecke mir selbst einen Würfel zwischen die Zähne. Puh, ist das süß. Aber es löst auch meinen Gaumen, ich kann wieder sprechen.

„Hallo, Brauner, du erkennst mich doch, oder? Du weißt, dass ich dir nichts getan habe und auch nichts tun will?"

Meine Stimme klingt fremd, etwas kratzig. Ich schiebe mir ein zweites Stückchen in den Mund und dem Braunen sein Drittes. Er fängt an zu schmatzen, das Bächlein stoppt und die Ohren wackeln wieder. Wirkt alles recht entspannt.

„Hier ist noch ein Zückerchen, wenn du willst. Es scheint dir auf jeden Fall verdammt gutzutun. Hätte ich das mal eher gewusst."

Zaghaft halte ich es ihm dieses Mal mit ausgestrecktem Arm entgegen, sein Kopf hebt sich ein wenig, ich werde fixiert. Mein Herz pocht noch schneller als zuvor, meine Beine werden weich, aber der Braune macht keinerlei Anstalten, einen Schritt zu tun, weder mit guten noch mit schlechten Absichten. Immerhin.

Ich beruhige mich etwas und schaue ihn mir genau an. Eigentlich hat sich nicht viel an ihm verändert. Er sieht immer noch genauso alt und klapprig aus, ist genauso dreckig und steht an derselben Stelle wie zuvor. Nur seine Haltung ist anders geworden, als hätte ihm die Wachheit einen Teil seiner Würde zurückgegeben.

Ich wage mich wie letzte Woche Zentimeter für Zentimeter vor, bis ich wieder direkt bei ihm stehe, ganz nah und ungeschützt.

„Ist nicht so einfach für mich, Großer, jetzt, da du etwas Leben zeigst. So hätte ich mich nie an dich herangetraut, so potenziell gefährlich. Fletschende Zähne, Huftritte oder banales Überranntwerden. Wenn ich daran denke, bekomme ich schon noch ganz schön Schiss, das sag ich dir."

Meine Stimme ist leicht zittrig, meine Atmung geht schnell. Er spürt ganz gewiss meine Angst, manche Tiere können sie sogar riechen. Aber ich will ihn nicht verunsichern, will mir auch meine Freude nicht nehmen lassen. Also zwinge ich mich, ihm meine Hand mit einem leichten Druck ans Maul zu halten und siehe da, jetzt ist der Zuckerwürfel interessant. Die Oberlippe spielt mit ihm, schiebt ihn auf meiner

Handfläche hin und her und die dünnen Tasthärchen kitzeln. Wie weich und vorsichtig sich das anfühlt, und das bei so einem riesigen Geschöpf. Schon toll! Plumps, da fällt das Zuckerstückchen runter. Ich muss unwillkürlich lachen.

„Ich bin doch sonst die Ungeschickte. Hier, Brauner, versuch's noch mal."

Dieses Mal klappt's und wie vor Freude schlägt der Kopf ein paarmal hoch und runter.

„Ja, gut gemacht, hier ist noch eins."

Damit ist der Bann gebrochen und meine Angst wie weggeblasen. Der Braune schnubbelt in meiner Anoraktasche nach weiteren Leckereien und ich reibe ihm vergnügt den Nasenrücken.

84

Montag.

Ich gehe eine halbe Stunde früher los als sonst, damit ich den Jungs nicht begegne. Ich habe mich am Wochenende entschlossen, nichts für sie vorzubereiten. Hat mir ganz schön Bauchschmerzen bereitet. Aber bei unserem Putzprogramm zu Hause hätte ich auch gar nicht gewusst, wie ich die Extras noch hätte bewältigen können. Nun jagt mich meine eigene Zivilcourage und ich verfluche mich dafür. Ich biege ab auf die Friedhofsstraße und scanne den Weg vor mir. Niemand zu sehen, bis auf die Frau vom alten Bäckermeister Kuschel, die jeden Morgen ihren humpelnden Dackel ausführt. Ich renne in ihre Richtung, nur ja nicht ganz allein sein. Ich winke ihr zu, dass sie kurz stehenbleibt, aber sie sieht mich nicht. Mist! Jetzt verschwindet sie hinter einer Tür, die auch schon bessere Tage gesehen hat. Vergilbte Jalousien sind genauso geschlossen wie das Geschäft selbst. Niemand hat es übernehmen wollen und nun wird das Bild Woche für Woche trauriger. Aber es passt zum Friedhof gegenüber. Eben alles geht einmal zu Ende.

„Wusste ich es doch, dass du versuchst, uns zu entwischen. Guten Morgen, Michaela."

Oh nein, oh nein, oh nein! Das darf nicht sein!

„Frau Kuschel? Sind sie noch da?"

Ups, meine Stimme ist lauter, als ich dachte, aber gut. Das muss sie einfach hören.

Bitte, bitte öffnen Sie die Tür, bitte!

Falk lacht. „Die Kuschel ist stocktaub, wusstest du das nicht?"

Auch Ingo und Mark lachen und mir steigt die Galle hoch. Immer, wenn ich Angst habe, wird mir schlecht und schwindelig. Verflucht, ich muss denken können, muss mich rausreden, aber alles saust und schwirrt in meinem Kopf. Okay, das war's dann wohl. Ich sacke innerlich zusammen, werde es über mich ergehen lassen. Überlebt habe ich die letzte Attacke schließlich auch.

„Gehe ich recht in der Annahme, dass du heute früh nichts für uns hast? Sonst würdest du doch jetzt nicht Panik schieben, oder? Alle Achtung, Michaela, nach letzter Woche ganz schön mutig. Hätte ich dir nicht zugetraut. Aber mutig zu sein, ist nicht immer klug. Das, dachte ich, hätten wir dir schon allzu deutlich mitgeteilt. Hm, was machen wir denn jetzt mit dir? Du bringst uns nämlich in eine ganz schön dumme Position, vor allem Mark natürlich, der steht bei Dr. Grohns im Wort. Ich würde daher sagen, du, Mark, darfst dir etwas überlegen, frei nach dem Motto ‚Wer nicht hören will, muss fühlen.'"

Falk klatscht sich mit Mark ab, der immer noch lacht, aber gar nicht so glücklich darüber zu sein scheint, die Führung übernehmen zu dürfen.

„Hey, lass mich mal, Mark. Hab da so meine Idee."

Ingo reibt sich seine Hände.

„Schau sie dir an, echt ein Wrack, diese Zicke, fällt gleich auseinander durch das Zittern. Zitterziege, genau, wir nennen dich ab jetzt Zitterziege. Was meint ihr?"

Ingo wartet die Antwort nicht ab, sondern kommt auf mich zu, geht einmal genüsslich um mich rum, dann zieht er mir mit einem Ruck den Rucksack von den Schultern und wirft ihn weit über die Friedhofs-hecke.

„Der stört nur."

Er dreht weiter seine Runden um mich herum und ist dabei so nah, dass ich überrascht bemerke, wie sauber er riecht. Für mich war er immer ein dreckiger Typ. Plötzlich packt er meine Haare, reißt mich nach hinten und schaut mir von oben ins Gesicht. Er sieht noch hässlicher aus als sonst – dicker, verquollener. Ich schließe meine Augen. Klatsch! Ich spüre, wie ein Spuckeflatschen auf meiner Nase landet und langsam die Wange runter rinnt. Ich presse meine Augen fester zusammen.

Es wird vorbeigehen, auch das wird vorbeigehen!

Falk klatscht sich feixend auf die Oberschenkel und ich höre mit Schrecken, wie sich Ingo lautstark die Nase hochzieht und den Rotz im Rachen sammelt.

Allein das Geräusch ist so eklig, dass ich würgen muss. Ich will mich wegdrehen, gehe in die Knie, aber Ingo hat mich fest im Griff und ruckt mich wieder zurück in die Position eines wackligen Cs. Flatsch! Eine schleimige Masse trifft meine Stirn, härtere Bröckchen bleiben liegen, während der Rest seitlich zu den Ohren fließt. Verflucht, mein Rücken bricht gleich durch.

„Hol mal die Gießkanne da! So schmutzig können wir sie doch nicht in die Schule gehen lassen."

Ingo ist jetzt richtig in Fahrt. Wer - weiß ich nicht -drückt ihm ein grünes Etwas in die Hand und ehe ich mich versehen kann, pruste ich einer heftigen Wasserladung entgegen. Sie hört gar nicht mehr auf, ich muss atmen, verschlucke mich, bekomme keine Luft. Je mehr ich in die Knie gehe, desto heftiger zieht mich Ingo nach hinten. Schmerz, Panik, Husten, Keuchen. Alles ist ein einziges zusammengehöriges Gefühl der absoluten Ohnmacht. *Jetzt kann ich auch gleich sterben, bringt's zu Ende, Jungs.* Aber etwas in mir schnappt immer wieder nach Luft, schluckt immer wieder neues Wasser und versucht immer wieder verzweifelt, es aus der Kehle zu husten. Ich zähle nicht mit, wie viele Gießkannen sich leeren und sich durch Wunderhand wieder füllen. Ich kämpfe ums Überleben, ganz automatisch. Dann hört es auf, das Wasser in der Nase sucht sich seinen Weg aus den Augen.

„Schaut mal, wie sie flennt, dabei habe ich sie doch so schön sauber gemacht. Aber die Haare! Wie unordentlich! Was meint ihr?"

Drei verschwommene Köpfe tauchen jetzt über mir auf, drei monsterartige Wasserspeier, die traurig sind, dass es nicht mehr regnet.

„Ich habe eine Schere dabei, wartet."

Ich höre Falk kruschteln. „Hier, ab mit dem Pony, ist sowieso hässlich."

„Lasst doch, die hat's doch jetzt kapiert. Die wird nie wieder ihre Arbeiten für uns vergessen. Wetten?"

„Uih, Mark bekommt Muffensausen. Dabei machen wir das Ganze doch speziell für ihn, oder Ingo? Los jetzt, die Strähnen müssen ab. Ein sichtbares Zeichen als Strafe, sonst hätt sich das Ganze doch gar nicht gelohnt."

Ich höre und spüre das Schnipp-Schnapp und dann höre ich noch etwas …

„Yeah, what the fuck ya doin? Fuckin bird-brains, yeah?"

Die drei springen auseinander, Ingo lässt mich fallen und ich lande auf meinem Po. Ich atme erleichtert auf, dann fühle ich an meine Stirn. Da ist nur blanke Haut und weit, weit oben ein paar einsame Stoppel. Für Empörung aber ist keine Zeit, dafür geht alles viel zu schnell. Theo spurtet herbei, packt sich Ingo und schleudert ihn zu Boden. Mark übernimmt, bekommt aber, paff, paff, paff, drei kräftige Faustschläge gegen die Brust. Ingo rappelt sich auf, will Theo packen, aber plong, die Rechte sitzt voll auf der Nase. Blut quillt sofort heraus und Ingo schreit.

„Hast du sie noch alle? Die ist gebrochen! Idiot!"

Er ist erst einmal beschäftigt, Taschentücher zu suchen, ist aber schon von oben bis unten mit Blut besudelt. Sieht schlimm aus, aber ich kann mich nur freuen.

„Mach ihn endlich fertig", brüllt Falk und Mark zögert nicht lange. Er scheint Theo in nichts nachzustehen. Sie boxen, treten, umklammern sich, als ginge es um ihr eigenes Leben. Ich schaue fasziniert zu und Falk gibt sich siegesgewiss. Zu spät sehe ich, dass Ingo wieder im Spiel ist. Er wirft sich von hinten an Theo, greift seine Arme, sodass sich Mark für einen Moment im Vorteil sieht. Eine Sekunde der überheblichen Pause zu viel, denn Theo hebt im Klammergriff seine Beine und tritt mit voller Wucht zu. Mark fliegt durch die Luft, knallt zuerst mit seinem Hintern und dann mit dem Kopf auf den Boden und bliebt still liegen. Zack, Theos rechter Ellbogen trifft ein zweites Mal die Nase und auch Ingo geht in die Knie. Das Blut ist nicht mehr zu stoppen. Falk ist blass geworden. Drei zu eins, mit diesem Ausgang hat er nicht gerechnet. Theo blickt sich um, sieht mich an und dann die Schere auf dem Boden. Er beugt sich, hebt sie auf, geht zu Falk, der mit einem sehr nachvollziehbaren Gefühl der Wehrlosigkeit einfach stehen bleibt und dann … Ich fasse es nicht. Theo schneidet Falk einfach drei große Löcher in dessen Frisur, so tief, dass man die Kopfhaut sehen kann.

„Das wirst du uns büßen", flüstert Falk hasserfüllt.

„Bullshit! You wanna piss on me?" Theo lacht.

„Go boy and piss up a rope. And don't you dare to touch her again. Got it?"

Theo wendet sich mir zu.

„Come on, don't pack a sad, she'll be fine."

Er reicht mir eine Hand, zieht mich hoch und verschwendet keinen weiteren Blick an die Jungs. Ich zögere zu gehen. Nach der anfänglichen Erleichterung bin ich nun über das Ausmaß der Gewalt verstört.

„Come on, don't give a damn, they're bastards but will survive."

Im Weggehen sehe ich, dass sich Mark tatsächlich aufrappelt. Immerhin, er ist nicht ernsthaft verletzt. Schweigsam gehen wir zur Schule, das „Danke" bleibt mir irgendwie im Halse stecken.

„Go for the bathroom first", sagt er noch, bevor er die Stufen zum Klassenzimmer hochgeht. Stimmt, ich muss furchtbar aussehen. Reflexartig fährt meine Hand zur Stirn und verdeckt die kümmerlichen Reste eines Ponys. Als ich mich aber im Spiegel sehe, heule ich sofort los. Es ist schlimmer, als ich dachte. Ich bin wirklich verstümmelt, dazu ein blasses Gesicht mit roten Flecken, nasse, unordentliche Haare, dreckige Kleidung, alles wie aus der Gosse. Der erste Gong ertönt. Viel Zeit habe ich nicht mehr, um mich leidlich herzurichten. Aber schnell geht im Moment nicht. Erst einmal putze ich mir die Nase, wasche mich mit kühlem Wasser und betrachte mich dann erneut im Spiegel. So kann ich unmöglich zum Unterricht. Warum nicht einfach abhauen? Das wäre noch nicht einmal richtiges Schwänzen. Aber Theo …, er erwartet mich sicher … Ich muss mir was einfallen lassen.

Dann habe ich eine Idee. Mühsam ziehe ich alle Klamotten aus und dann ohne Unterhemd alles wieder an. Ich schneide mit meiner Schere die Träger ab und habe damit so etwas wie ein Schlauchtuch, das zarte Rosa stört mich nicht. Ich knote mir die Haare zu einem etwas fransigen Dutt und rolle das Hemd zu einem Stirnband zusammen. Geht sogar, als käme ich direkt vom Sport. Vom Sport, gerade ich – aber egal.

„Oh, Michaela, neuer Look?" Annabell lacht amüsiert. Klar, dass sie sich den Spott nicht verkneifen kann.

„Kleiner Tipp, die Achtziger sind lange vorbei."

Jetzt lachen alle bis auf Theo, der sitzt wie immer unberührt auf seinem Stuhl. Schnell setze ich mich hin, hochrot und nur froh, dass Frau Renns kommt und Mathe beginnt.

Wir erschrecken alle in der Klasse, als plötzlich eine Stimme aus dem Lautsprecher ertönt.

„Theodor Jenson, bitte zum Direktor, Theodor Jenson, bitte."

Oje, jetzt gibt's Ärger und ich bin schuld.

„Soll ich mitkommen", frage ich ihm hinterher, aber er winkt nur ab, ohne sich umzusehen. Klar, dass er auch das allein schafft. Aber er kommt nicht wieder, weder zur zweiten noch zur dritten noch zur vierten Stunde. Durch meine Frage an Theo bin ich plötzlich interessant.

„Weißt du, was los ist? Falk, Mark und Ingo sind auch nicht da. Haben die sich etwa geprügelt? Warst du vielleicht dabei?"

Es prasselt nur so auf mich hinab, aber ich schüttele immer wieder nur den Kopf. In der großen Pause halte ich die Ungewissheit nicht mehr aus und gehe zum LehrerInnenzimmer. Frau Renns sieht mich schon in der Tür und fragt mich, was los sei.

„Es geht um Theo. Ich will nur wissen, was mit ihm ist. Er ist nicht mehr zum Unterricht zurückgekommen und …"

„Das ist ja nett, dass du dich sorgst, aber du kannst ihm nicht helfen, Michaela. Und sagen darf ich dir auch nichts. Nur so viel: Es ist wirklich ernst."

„Dann muss ich mit Herrn Küstner sprechen. Es geht doch um die Sache mit Falk, Ingo und Mark, oder? Ich war dabei. Ich weiß, was passiert ist. Er hat mir nur geholfen, das muss der Direktor doch wissen, oder?"

„Herr Küstner ist nicht mehr im Haus, aber komm, wir gehen in die Mensa, dort kannst du mir alles erzählen."

Es bricht aus mir heraus, der Druck, die Angst, die Quälerei. Nichts lasse ich aus, nicht die Sache aus der Toilette und kein Detail vom heutigen Morgen. Frau Renns starrt mich mit ungläubigen Augen an und wird von Satz zu Satz blasser. Zum Beweis ziehe ich das Stirnband runter. „Verstehen Sie, Frau Renns, er hat mir wirklich nur geholfen. Und die anderen waren zu dritt, er allein. Er musste sich so heftig wehren, sonst hätten sie ihn fertiggemacht."

Frau Renns schüttelt den Kopf. „Das kann ich nicht glauben, Michaela."

„Das müssen Sie aber! Sie kennen mich doch! Ich würde doch keine Geschichten erfinden! Warum auch? Schauen Sie mich doch einfach an, dann sehen Sie, dass ich recht habe."

„Aber, Michaela", ihre Stimme ist ganz leise und brüchig, „warum hast du nichts gesagt? Warum ..." Sie schüttelt immer noch den Kopf.

„Das ist so furchtbar ..., ich ..., ich weiß gar nicht, was ich sagen soll. Dass du es mit deinen Mitschülern nicht leicht hast, das merkt man schon, aber ..., so schlimm ..., das tut mir so leid."

„Aber, Frau Renns, jetzt geht es doch nicht um mich, sondern um Theo. Er kann doch nicht dafür bestraft werden, dass ich mich nicht wehren konnte. Bitte!"

So habe ich Frau Renns noch nie gesehen, wie ein Häufchen Elend sitzt sie vor mir, zusammengesunken und starr.

„Frau Renns", ich rüttele sie heftig, „sagen Sie Herrn Küstner Bescheid, sofort. Wer weiß, was man sonst mit Theo anstellt."

Endlich geht ein Ruck durch Frau Renns.

„Okay, Michaela, es gibt viel zu tun. Sei morgen um acht im Sekretariat. Ich werde mich kümmern, versprochen."

Es hat schon längst zur fünften Stunde geschellt, ich aber bleibe sitzen. Ich bin mit einem Schlag so müde, dass mir alles egal ist. Physik, Geschichte, Musik, wozu? Es erscheint mir so unwichtig, so dermaßen am wirklichen Leben vorbei, dass ich einfach gehe. Ich verlasse die Schule, ohne mich abzumelden, und laufe zum Braunen. Wenn mich einer aufbauen kann, dann er. Nur er!

„Hallo, Brauner, ja, darauf hast du schon gewartet, nicht wahr?"

Er schlägt ungeduldig mit dem Kopf.

„Moment, mein Freund, Begrüßung muss sein."

Er stupst mich auffordernd an.

„Später? Erst Äpfelchen? In Ordnung, hier."

Stück für Stück leert sich die Dose und ich kann mich erstaunlicherweise an dem gierigen Stoßen des Mauls in meine Handfläche erfreuen. Welch ein Unterschied zu letzter Woche. Ich wische den Sabber an meiner Hose ab, ohne mich daran zu stören, nehme mir unseren Hongi und lasse mich dann auf dem Boden nieder.

„Ich muss mich setzen, bin echt fertig. Darf ich?", frage ich, während ich mich einfach an sein rechtes Vorderbein anlehne.

„Du glaubst gar nicht, was heute alles bei mir los war. Ich kann es aber nicht erzählen, nicht noch einmal, will es nur vergessen."

Ein unwillkürliches Zittern geht durch meinen Körper, als könnte ich damit die Erinnerung abschütteln.

„Du hättest Theo mal sehen sollen. Er hat mich verteidigt. Echt krass. Wie ein Berserker hat er die Jungs gepackt und krankenhausreif geprügelt. Zuerst war ich einfach nur dankbar, die drei waren selbst für ihre Verhältnisse etwas über der Spur. Hab zwischenzeitlich geglaubt, mein letztes Stündchen hätt geschlagen. Aber dann: Ingo bewegungslos auf dem Boden, Mark blutüberströmt und Falk mit drei riesengroßen Löchern im Schopf. Theo bei all dem ohne eine große Regung, als ob er so was regelmäßig macht. Schon ein bisschen gruselig, findest du nicht? Auf jeden Fall hat er dadurch mächtig Ärger am Hals. Falks Vater ist Rechtsanwalt, hat wahrscheinlich schon die Anklage formuliert, um Theo von der Schule werfen zu lassen."

Ich seufze.

„Hoffe, dass ich das noch rumbiegen kann. Frau Renns kennt auf jeden Fall die ganze Geschichte und morgen kommt das Gespräch mit unserem Rektor. Hoffentlich halte ich das durch und fange nicht wieder an zu flennen."

Ich gehe nun doch in Gedanken den ganzen Vormittag noch einmal durch. Verrückt, wie in einem schlechten Film und ich mittendrin.

„So langsam muss ich mir auch überlegen, wie ich das alles meinen Eltern beichten soll. Ich kriege jetzt schon Zustände, wenn ich an ihre verzweifelten Blicke denke."

In diesem Moment beugt sich der Braune zu mir herunter und wuselt mir mit seinem Maul durch meine

Haare. Vielleicht sucht er dort nach weiteren Leckerlis, vielleicht will er mich auch wirklich trösten. Es fühlt sich auf jeden Fall lustig an und hilft tatsächlich. Es erinnert mich aber auch an ein weiteres Problem, meine Frisur. Die Vorstellung, als zerrupftes Huhn mit meinen Eltern oder Herrn Küstner zu sprechen, ist alles andere als erquicklich. Ich sollte schleunigst zum Friseur, aber montags sind die Salons geschlossen. Ich ziehe mein Handy aus der Jackentasche und google nach Optionen. Ich finde nichts und dann kommt mir die Idee mit dem Krankenhaus. Tante Christel hat sich dort doch jeden Tag die Haare machen lassen. Also gibt es vielleicht für PatientInnen tägliche Termine. Ich finde eine Nummer und wähle. Ich habe Glück –um fünfzehn Uhr sei einer frei. Dass ich von draußen komme, muss ja jetzt noch niemand wissen ...

„Autsch, mein Po!"

Ich bin doch tatsächlich im Sitzen eingeschlafen und der Braune hat sich nicht daran gestört. Irgendetwas Hartes drückt in mein Gesäß und hat mich wahrscheinlich geweckt. Ich stehe steif auf und sehe einen kleinen Stein, der sich mit der Zeit wohl bemerkbar gemacht hat. Ich schaue auf die Uhr.

„Ich muss gehen, Brauner. Drück mir die Daumen, äh, Hufe natürlich. Nicht, dass ich nachher noch schlimmer aussehe und mich nicht mehr auf die Straße trauen kann."

Ich schleiche mich wie ein Dieb ins Krankenhaus und irgendwie bin ich das ja auch. Schließlich erschleiche ich mir eine Leistung unter falscher Voraussetzung, auch wenn ich dafür natürlich bezahle. Aber wenn ich's recht betrachte, bin ich schon so eine Art Notfall, ein ambulanter halt.

Ich soll eine Frau Arnhold am Empfang treffen und ich blicke mich um. In diesem Moment tritt eine ältere Frau mit einem kleinen Alukoffer durch den Eingang. Sie könnte es sein. Ich fange sie ab, bevor sie die Anmeldung erreicht.

„Frau Arnhold?"

„Jaa?"

„Wunderbar, ich bin Michaela."

„Ah, schön, dass du mich abholst, wo soll es denn hingehen?" Sie blickt auf meine rechte Hand. „Ah, Chirurgie, was ist passiert?"

„Äh, ich bin keine Patientin, sorry, ich hab nur so getan." Die Wahrheit platzt nur so aus mir heraus.

Frau Arnhold schaut etwas verärgert. „Für Späße habe ich keine Zeit. Was soll das?"

„Ich wusste mir nicht anders zu helfen. Heute ist alles zu und …" Ich ziehe mein Stirnband ab.

„Oh, ich verstehe, hast wohl versucht, dir selbst die Haare zu schneiden, und es ging gründlich daneben, hm? Warum hast du das nicht gleich gesagt?"

„Ich dachte, sie schneiden nur fürs Krankenhaus, und etwas muss doch heute geschehen." Ich hoffe, mein bittender Dackelblick hilft.

Frau Arnhold muss lachen. „Na, einfallsreich bist du auf jeden Fall, das muss man dir lassen. Und so, wie du aussiehst, brauchst du wirklich professionelle Hilfe. Aber hier kann ich nichts für dich tun, habe ja keinen Raum. Also fahren wir am besten zu dir nach Hause."

Mein entsetzter Blick spricht wohl Bände.

„Ach so, deine Eltern wissen noch nichts von dem Malheur? Okay, absolute Ausnahme, dann halt bei mir zu Hause. Mache ich normalerweise nicht. Aber ich war schließlich auch mal jung und weiß, wie man sich nach einem solchen Unfall fühlt. Komm, mein Auto steht vor der Tür."

„Danke! Danke, danke, danke! Aber es war eigentlich kein Unfall."

Erstaunlich! Einmal alles ausgesprochen, fällt es überhaupt nicht mehr schwer, die Ereignisse sogar einer Fremden zu erzählen. Frau Arnhold schweigt, bleibt aber mehrmals zu lange an Ampeln stehen, obwohl sie schon längst wieder grün sind. Schließlich fährt sie an den Straßenrand und schlägt die Hände entrüstet aufs Lenkrad. „Aber das ist doch ein Fall für die Polizei. Und deine Eltern wissen noch nichts davon? Die werden auf die Barrikaden gehen und zu Recht. Das muss Konsequenzen haben!"

Mir wird wieder elend zumute. Wie soll ich das denn alles schaffen?

Frau Arnhold sieht mich an und lächelt dann nachsichtig. „Erst einmal bekommst du einen kräftigen Kaffee von mir. Den scheinst du jetzt zu brauchen."

Wir schweigen beide bei der Weiterfahrt. Frau Arnhold schweigt auch, während sie eine ganze Kanne aufbrüht und Geschirr auf einen weißen, blitzblanken Küchentisch stellt. Wir trinken stumm unsere Tassen leer und ich spüre langsam, wie meine Kräfte zurückkehren. Dann klatscht Frau Arnhold so plötzlich in die Hände, dass ich vor Schreck die Tasse fallen lasse. Ein spärlicher, aber allzu brauner Kaffeerest ergießt sich auf einen ebenfalls weißen, blitzblanken Küchenboden. Ich stöhne, nicht auch das noch.

„Macht nichts, es gibt jetzt Wichtigeres. Erst einmal muss ich deinen Zustand dokumentieren. Gib mir mal dein Handy."

Sie schnappt es sich und knipst eifrig drauf los.

„So, und bevor ich gleich die Schere hole, erzähle mir doch bitte, warum du deinen Eltern nicht schon früher was gesagt hast. So weit hätte es doch gar nicht kommen müssen. Hast du zu Hause auch Angst? Ich meine, hast du viel Ärger, sind deine Eltern superstreng oder so?"

Frau Arnhold nimmt meine Hand und schaut mich fragend an.

„Nein, nein, im Gegenteil, sie sind wirklich superlieb. Aber genau das ist das Problem. Sie wollen immer nur das Beste, machen sich Sorgen und wollen sich kümmern. Wenn sie wüssten …, ich weiß nicht, ob sie das verkraften würden."

Ich verstumme einen Moment, Frau Arnhold hält immer noch meine Hand.

„Ich weiß nicht, vielleicht kann ich auch ihre Enttäuschung nicht verkraften. Selbst vor den eigenen Eltern will man schließlich kein Feigling sein, oder? Da ist man lieber nur seltsam. Verstehen Sie das?"

Wieder höre ich auf zu sprechen, als müsste ich mir im Geiste selbst erst anschauen, was ich da gesagt habe.

„Sie würden mich dann bestimmt von der Schule nehmen wollen und das möchte ich auf gar keinen Fall. Nicht woanders anfangen müssen, wo es bestimmt nicht besser wird. Mich hat man schon immer gehänselt, von der Grundschule an. Und bis zu einem gewissen Grad macht mir das auch nichts aus."

„Erzähl mir nichts! Wie soll das einem nichts ausmachen? Aber hat denn niemand was gemerkt? Man muss doch hinschauen. Solch miese Jungs müssen doch auffallen?"

„Falk kann sich super verkaufen und jeder will sein Freund sein. Wer von ihm akzeptiert wird, ist akzeptiert, verstehen Sie? Man tut einfach das, was er will, und dann hat man seine Ruhe."

„Und was ist bei dir dazwischengekommen?"

„Hm, anfangs einfach blöde Umstände und zum Schluss irgendwie Theo. Er ist so stark, so …, ich weiß nicht, wie ich es beschreiben soll. Sie müssten ihn mal sehen, alles nur Muskeln. Er ist auf einer Farm mit Tieren aufgewachsen und ist halt ungemein kräftig und überhaupt nicht feige. Das hat mir ziemlich imponiert."

„Und du wolltest daher auch nicht mehr feige sein und Theo imponieren. Verstehe."

„Aber das hat alles nur noch schlimmer gemacht. Theo hätte mich nicht verteidigen müssen, wenn ich einfach meine Aufgaben gemacht hätte."

„Du bist doch nicht schuld, dass dich die drei überfallen haben! Rede dir bloß nichts ein. Und du bist auch nicht schuld daran, dass Theo es mit deiner Verteidigung ziemlich übertrieben hat. Seine Kraft mag ja beeindruckend sein, aber in Ordnung war das auch nicht. Er hätte einfach Hilfe holen können."

„Er hatte einfach keine Gelegenheit dazu, er musste einfach handeln."

Frau Arnhold seufzt.

„Aber hinterher hättet ihr jemandem Bescheid geben müssen. Auch du. Schließlich wusstet ihr nicht, wie schwer die beiden verletzt waren. Theo hat Gewalt mit Gewalt beantwortet. Sooo cool ist er also nicht."

Frau Arnhold nimmt meinen Kopf wie ein rohes Ei in ihre Hände und schaut mir fest in die Augen. Ich muss wider Erwarten lächeln. Alles ein bisschen wie bei Frau Schuster.

„Aber du kriegst das schon wieder hin, da bin ich mir sicher. Und deinem Theo wirst du auch helfen. Aber erst einmal helfe ich dir. Ich hole nur meine Sachen. Bekomm aber bitte keinen Schreck, es bleibt mir nämlich nichts anderes übrig, als deine Haare ratzekurz zu schneiden. Der Pony wird dann gar nicht

mehr auffallen, versprochen. Und du wirst wunderhübsch aussehen, vertraust du mir?"

Was bleibt mir anderes übrig? Ich nicke verhalten.

Frau Arnhold schiebt mich auf einen Küchenhocker, kein Spiegel weit und breit und damit keine Möglichkeit, zwischendurch zu protestieren.

„Wow, ich bin beeindruckt", höre ich nach einer gefühlten Ewigkeit.

„Ich wusste, dass es dir stehen wird, aber ..., rechts um die Ecke ist das Bad. Schau selbst."

Frau Arnhold strahlt mich an und weist stolz mit dem Zeigefinger in die entsprechende Richtung.

So müssen sich die Models bei GNTM fühlen, wenn das Umstyling ansteht. Immerhin erwartet mich kein Grün oder Blau, also alles ganz easy. Bin trotzdem ganz schön aufgeregt. Ich bleibe zögernd im Flur stehen.

„Traust du dich nicht? Na, dann machen wir es richtig spannend. Augen zu, ich führe dich."

Sie schiebt mich durch eine enge Tür und betätigt einen Lichtschalter. Durch die geschlossenen Lider sehe ich einen hellen Schimmer. Bumm, bumm, bumm, verrückt, mein Herz rast zum Zerbersten und dabei ist doch alles besser als diese demütigenden Fransen von vorhin.

„So, öffne die Augen, du wirst begeistert sein!"

Ich tue es und erblicke jemanden, den ich nicht kenne.

„Na? Gefällst du dir?" Frau Arnhold klopft mir übermütig auf die Schulter.

„Das bin nicht ich."

Ich wende den Kopf nach rechts, dann nach links, das Spiegelbild bewegt sich mit. Ich starre mein Gegenüber an und bin … fasziniert. Das sieht richtig, richtig gut aus. Wahnsinn! Ich sehe richtig gut aus.

„Mega!" Ergriffen zupfe ich an dem Wenigen, das übrig geblieben ist.

„Ist wirklich nicht mehr viel da, aber …"

Ich werfe mich herum und umarme Frau Arnhold.

„Danke! Ich wusste gar nicht …"

„Dass du so gut aussehen kannst? Jetzt noch ein paar pfiffige Ohrringe, ein bisschen Schminke und die Jungs liegen dir zu Füßen."

„Quatsch, Frau Arnhold, nicht übertreiben bitte. Die Frisur ist toll, wirklich, aber …"

„Hey, warum machst du dich so klein? Du bist ein attraktives Mädchen. Deine Augen, dein Lächeln und dann deine süße Stupsnase, einfach nur wow! Zeig, wer du bist und sei stolz auf dich." Frau Arnhold schaut auf die Uhr.

„Tut mir leid, Michaela, ich muss los. So nett es mit dir auch ist, aber die nächste Kundin wartet. Würde mich aber freuen, wenn du mir ein paar Rückmeldungen gibst. Würde mich nicht wundern, wenn alle aus dem Häuschen sind."

„Mach ich bestimmt, Frau Arnhold, und danke noch mal."

„Ach, es war mir eine absolute Freude. Komm, ich fahr dich noch schnell nach Hause."

Das Angebot nehme ich gern an, es ist schon ziemlich spät. Zehn Minuten später klingele ich in gespannter Vorfreude – gleich macht Mama die Tür auf.

„Ja, bitte?" Mama hat ein Buch in der Hand, schaut nur oberflächlich über mich hinweg und … erkennt mich nicht. Das ist zu witzig, ich muss lachen.

„Hallo Mama, ich bin's, deine Tochter."

Sie blickt mich direkt an und dann beginnt eine zeitgeraffte Mimik-Show der Extraklasse.

„Und? Was sagst du? Gar nicht mal schlecht, oder?"

„Michaela, das ist …, ich bin sprachlos. Meine Tochter! Das schönste Mädchen der Welt!"

Mama kommt auf mich zu und nimmt mich in den Arm.

„Jetzt will ich Babs aber bald mal kennenlernen. Das haben wir doch sicher ihr zu verdanken, oder?"

„Na ja, fast."

Jetzt könnte ich mit der Sprache herausrücken, aber die Stimmung ist gerade zu nett. Warum nicht diesen Moment erst einmal auskosten? Die Katastrophe kommt noch früh genug.

Was für ein Tag! Ich liege im Bett und bin richtig zufrieden. Und dabei hat er so scheiße angefangen. Nur das mit Theo muss ich noch irgendwie hinkriegen. Aber das schaffe ich schon irgendwie. Ich habe ja die Fotos von Frau Arnhold.

Dienstag.

„Und das soll Falk van Klusen gemacht haben?"

Herr Küstner wischt über das Handy. Fünfmal nach rechts und wieder zurück.

„Wenn es nur das wäre! Aber er hat Michaela mit Ingo und Mark wiederholt genötigt und misshandelt. Letzte Woche haben sie ihr sogar die Hand gebrochen und gestern … Ich kann es kaum aussprechen, aber das war eine Form von Waterboarding. Theo hat das wohl gesehen und ist dazwischen gegangen."

„Sie glauben doch nicht wirklich, dass Falk das nötig hat. Er ist ein guter Schüler, wohlerzogen, ein Vorbild für alle. Bei den beiden anderen kann ich mir das ja noch vorstellen, aber Falk?"

„Er ist der Anführer", wage ich zu sagen und die Zunge klebt am Gaumen. Ich schlucke und zwinge mich weiterzusprechen, trotz der ungläubigen und strengen Blicke des Direktors.

„Er plant alles, Mark und vor allem Ingo führen es nur aus", krächze ich heiser. Egal, Hauptsache es ist raus.

„Herr Küstner, es geht einzig und allein um Macht. Ich habe es zuerst auch nicht glauben wollen, es ist zu schrecklich. Aber wenn man drüber nachdenkt..., es passt schon. Falk hat von seiner Herkunft her ein übergroßes Selbstbewusstsein, aber zu Hause bei diesem starken Vater wahrscheinlich nichts zu melden. Vielleicht kompensiert Falk auf diese Weise."

„Ah, nicht diese Klischees, Frau Renns", unterbricht Herr Küstner, „das ist hier eine Seite der Medaille. Ich möchte erst hören, was die andere sagt."

„Ich dachte, das hätten Sie schon gestern", kontert Frau Renns scharf. „Sie sind doch gleich nach dem Anruf und Rauswurf von Theo zur Familie van Klusen gefahren."

„Rauswurf", entfährt es mir empört. „Das ist ungerecht! Theo muss Ihnen doch erzählt haben, was geschehen ist."

„Nichts hat er gesagt, bockig hat er da vor mir gesessen und nur darauf gewartet, dass ich ihn nach Hause schicke. Wahrscheinlich hat er es genau darauf angelegt. Sie haben ihn doch auch erlebt, Frau Renns, aggressiv und provozierend bis dorthinaus. Ich bitte Sie, Mark und Ingo mussten ins Krankenhaus. Selbst wenn er Michaela verteidigt hätte, war es doch ein wenig unverhältnismäßig, oder?"

„Unverhältnismäßig? Sie sprechen von unverhältnismäßig", schimpft jetzt Frau Renns. „Das war Folter, was die drei mit Michaela gemacht haben. FOLTER! Da ist nichts mehr unverhältnismäßig. Nicht

Theo muss der Schule verwiesen werden, sondern Falk mit seinem Gefolge."

„Moment, Moment, Moment, nur nicht so schnell mit den wilden Pferden. Das werden wir alles klären. Morgen um dieselbe Zeit werden wir hier alle zusammenkommen, alle vier Jungs, du, Michaela, und eure Eltern."

„Und die Polizei gleich mit", ergänzt Frau Renns.

„Die können wir gegebenenfalls später dazu holen, wenn das wirklich alles so stimmt."

„Ich lüge nicht, Herr Küstner, bestimmt nicht."

Er schaut mich verständnislos an.

„Warum hast du um Gottes willen nicht eher was gesagt? Jetzt steht Wort gegen Wort und Herr van Klusen ist nicht irgendwer."

„Herr Hagele ist auch ein Zeuge", werfe ich ein. „Er hat das mit der Hand mitbekommen und er schließt mir immer den hinteren Notausgang auf, damit ich unbehelligt die Schule verlassen kann."

„Er macht was? Ja, macht denn hier jeder, was er will? Na, der wird was zu hören kriegen."

„Bitte nicht, Herr Küstner, er hat mir doch auch nur geholfen. Außerdem wollte er die Jungs im Auge behalten. Und ich bin sicher, er hätte es gemeldet, wenn er einen Angriff direkt miterlebt hätte. Er soll nicht auch noch dafür büßen, dass ich mich selbst nicht wehren konnte."

„Mensch, Kind, zumindest hätten doch deine Eltern mit mir sprechen müssen."

Frau Renns schaut mich streng an.

„Wussten sie überhaupt davon? Wie ich deine Eltern einschätze, würden sie so etwas nie auf sich beruhen lassen."

Ich senke reumütig den Kopf.

„So, so, verstehe. Aber sie wissen es jetzt? Michaela?"

Am liebsten würde ich mich unter dem Schreibtisch verkriechen oder einfach ganz verschwinden.

„Du meine Güte, sie haben immer noch keinerlei Ahnung?" Frau Renns seufzt. Sie fasst mich am Arm.

„Ist bei euch denn alles in Ordnung? Habe ich etwas falsch eingeschätzt? Michaela, brauchst du auch zu Hause Hilfe?"

Ich schüttele heftig den Kopf. „Nein, das ist es nicht."

„Ja, was um Himmels willen denn dann?"

Frau Renns hält mich immer noch fest. Ich schaue sie flehend an, ich kann ihr hier keine Antwort geben, nicht vor dem Direktor. Es ist doch eh alles peinlich genug.

Sie scheint zu verstehen.

„Gut, das kläre ich noch. Sie haben jetzt sicher genug anderes zu tun. Morgen um acht sehen wir uns wieder. Was für ein Albtraum!"

Frau Renns schiebt mich aus dem Büro und führt mich schweigend in einen leeren Klassenraum.

„So, ich will das nun verstehen. Warum hast du die Vorfälle allen verheimlicht und sogar vor deinen Eltern?"

„Es war lange gar nicht so schlimm, mal ein paar Hausaufgaben oder mein Butterbrot. Ich bin eh nicht so beliebt und als Petze steht man doch noch dümmer da. Dann eher Augen zu und durch. Aber es wurde mit der Zeit immer öfter und schlimmer. Da habe ich nach Wegen gesucht, den Jungs zu entkommen. Das hat auch meistens ganz gut funktioniert, bis auf …, na ja, Sie wissen schon."

„Und deine Eltern? Mobbing dieser Art allein auszuhalten, ist grausam, das kann … sogar tödlich sein. Man braucht doch ein Ventil, jemanden, der einen aufbaut, Strategien mit an die Hand gibt. Es gibt für alles eine Lösung."

„Es gibt ein Pferd, das mir hilft."

„Oooh, das ist ja schön, wusste ich gar nicht, dass du reitest."

„Es gehört mir nicht. Wir haben uns irgendwie gefunden und tun uns gut. Mit ihm rede ich über alles und dann geht es mir besser. Zu Hause aber ist meine problemfreie Zone mit meinen Büchern, mit meinen Eltern. Mir hilft es doch nicht, wenn es ihnen auch noch schlecht geht. So ist es gut so, wie es ist."

„Aber nicht ganz echt, oder?"

Ich zucke mit den Schultern.

„Und gestern? All das Schreckliche, das musste doch aus dir rausplatzen. Und deine Frisur, wie hast du die erklärt?"

„Neue Freundin", sage ich kleinlaut. „Und dann waren meine Eltern so positiv überrascht, wie gut ich aussehe, unsere Stimmung war so fröhlich …. Warum sollte ich das ändern?"

Frau Renns nickt. „Ich verstehe. Dort die heile Welt und hier die andere. Stimmt übrigens, deine Frisur ist klasse. Aber du weißt hoffentlich, dass dieses Doppelleben nun vorbei ist. Klar wird das erst einmal anstrengend für dich. Sich Problemen zu stellen, ist immer anstrengend. Aber sich helfen zu lassen, ist keine Schande. Und sich von Eltern helfen zu lassen schon gar nicht. Und du hast schließlich Eltern, die helfen wollen. Das ist nicht selbstverständlich. Würden sich viele Kinder nach sehnen. Und eins noch: Eltern sind stärker als du denkst. Klar werden sie schockiert, traurig und auch ein bisschen enttäuscht sein, dass du dich nicht eher an sie gewendet hast. Aber das halten sie schon aus, glaube mir. Sprecht miteinander über alles, du wirst sehen, das kann Wunder bewirken."

„Das hat Frau Arnhold auch gesagt, die Friseurin, aber …"

Ich suche nach Worten.

„Aber ich bin doch, wie ich bin. Ich kann doch durch das Ganze keinen anderen Menschen aus mir machen und meine Eltern auch nicht."

„Stimmt, das ist auch nicht das Ziel. Sie können dich aber unterstützen, zu dem Menschen zu werden, der du selbst sein willst. Und das steckt schon alles in dir. Mutiger bist du übrigens schon ganz allein geworden. Du hast schließlich den ersten Schritt getan und alles erzählt."

Frau Renns lächelt mich müde an. „Was nicht heißt, dass es von nun an leicht wird. Du wirst morgen wirklich Beistand brauchen. Die Gegenseite wird mit harten Bandagen kämpfen. Herr van Klusen wird seinen Sohn auf Teufel komm raus verteidigen. Auf uns Lehrer darfst du dabei nicht hoffen. Wir müssen zunächst unparteiisch sein und Fakten sammeln. Also, ab nach Hause und sprich mit deinen Eltern."

Mama summt in der Küche vor sich hin. Sie ist beim Abwasch und genauso gut gelaunt wie gestern. Oh Mann, wird das schwer!

Ich bin am Esstisch sitzengeblieben. Etwas Abstand ist gut, glaube ich. Und ich habe etwas, an dem ich mich festhalten kann.

„Könnt ihr noch mal kommen? Ich muss mit euch reden."

Jetzt gibt es kein Zurück mehr. Mama kommt mit dem Küchentuch in der Hand und lächelt mir unbekümmert zu. Wenn sie wüsste … Mir wird heiß.

Papa sitzt indessen schon im Wohnzimmer mit einer Zeitung vor der Nase. Er macht auch keine Anstalten, aufzustehen.

„Bitte, Papa, es ist wichtig!"

Mein Tonfall scheint wohl die Aussage zu unterstreichen, denn sofort landet die Zeitung auf seinen Beinen. Ich fühle seinen durchdringend fragenden Blick auch aus der Ferne. Ich fange an zu zittern.

Mama setzt sich und sieht nicht mehr so fröhlich aus. Ich kenne sie gut und leider kennt sie mich auch. Sie weiß jetzt, dass es ernst ist. Angst schleicht sich in ihr Gesicht und lässt ihre Wangen immer wieder zucken. Ich wünschte, es wäre schon vorbei. Die Holzmaserung unseres Tisches verschwimmt etwas.

Papa nimmt neben Mama Platz, seine Zeitung noch in der Hand, als ahnte er, dass er auch etwas braucht, um sich festhalten zu können.

Wie soll ich beginnen? Mit dem Gestern oder dem Morgen? Mit Falk oder Theo? Mit mir? Meiner Angst oder Feigheit?

Ich atme noch einmal tief ein und langsam aus.

„Ich brauche euch morgen oder besser gesagt einen von euch."

Mama und Papa bleiben stumm und warten ab.

„Es gibt da morgen ein Gespräch in der Schule mit dem Direktor und Frau Renns und Theo und Falk und Herrn van Klusen."

„Komm zum Punkt, mein Schatz! Was auch immer passiert ist, wir reißen dir nicht den Kopf ab."

„Scht", wehrt Mama Papa ab, „sie erzählt doch schon."

Ich schaue Mama dankbar an. Ihre Augen glänzen feucht. Aber plötzlich ist ihre Sorge um mich keine Last mehr, sondern wie ausgebreitete Arme, in die ich mich fallen lassen möchte. Ich spüre die liebevolle Umarmung über den Tisch hinweg und strecke meine Arme aus. Mama ergreift meine Hände sofort und Papa legt seine auf die unseren.

Für einen kurzen Moment ist es ganz still, dann räuspert sich Papa.

„Worum geht es bei dem Gespräch morgen?"

Ich schlucke kurz und werfe dann die Worte hinaus. Ein bisschen überrascht es mich, dass sie verständlich sind und in der richtigen Reihenfolge kommen.

„Um mich und die Tatsache, dass Falk mich mit seinen Freunden über Monate gemobbt, drangsaliert, erpresst und schließlich auch gefoltert hat."

Es ist, als kippe jemand eine Flasche Milch in meine Mutter hinein, denn sie wird von Sekunde zu Sekunde weißer. Meine Hände hat sie losgelassen, aber mit ihrem Blick hält sie mich weiter standhaft fest. Das gibt mir Kraft.

Ich erzähle nun flüssig von den Ereignissen der letzten Wochen und Tage, wie sich alles verselbstständigt hat, außer Kontrolle geraten ist und wie mir der Braune und Theo geholfen haben. Hin und wieder dringt ein eigenartiger Laut aus den Kehlen meiner Eltern, aber sie sagen nichts.

Irgendwann bin ich tatsächlich fertig mit meiner Beichte, fühle mich irgendwie dumpf und gar nicht erleichtert, wie ich gehofft habe. Aber vielleicht bin ich dafür auch nur zu erschöpft. Beim Reden kamen die Bilder wieder, das oft Unfassbare, das mir geschehen ist. Ja, mir und keinem anderen. Wie in einem beknackten Albtraum, der aber leider keiner war.

Ich will die nun folgerichtige Frage nicht hören, das Warum. Warum hast du nichts gesagt? Warum hast du dir nicht helfen lassen? Von uns, deinen Eltern. Wir lieben dich doch.

Ich muss ihnen zuvorkommen, ihnen die Antwort schon vorher geben.

„Seid mir bitte nicht böse, dass ich nichts gesagt habe. Bei euch hatte ich doch meine heile Welt. Ihr seid mein Frieden und mein Zuhause ist die rettende Burg. Das alles wollte ich nicht gefährden."

Aber das, was ein Trost hätte sein sollen, ist wohl das genaue Gegenteil. Es bricht aus Mama heraus. Sie schluchzt und wird von Papa gehalten, der währenddessen wortlos in irgendein Nichts starrt. Auch ihm laufen die Tränen herunter, still zwar, aber für mich ohrenbetäubend. Es saust und schwirrt in meinem Kopf, mir platzt fast der Schädel. Genauso furchtbar hatte ich es mir vorgestellt.

Aber dann geht ein Ruck durch meine Mutter, sie windet sich aus Papas Armen und schaut mich an.

„Entschuldigung, Michaela, das hilft dir gerade sicher nicht. Es ist so schwer auszuhalten, sich vorzustellen, was du durchgemacht hast. Und dass das Einzige, was wir dir geben konnten, ein sicheres Zuhause war, aber keine richtige Hilfe, ist ..." Mama schüttelt heftig den Kopf.

„Aber du hast das gemacht, was du am ehesten verkraften konntest. Das allein zählt und nicht, wie wir uns dabei fühlen. Ab jetzt bist du allerdings nie mehr allein, hörst du? Und dieser Herr van Klusen mit seinem Falk kann sich warm anziehen, das verspreche ich dir."

„Ich versuche, mir morgen auch freizunehmen. Dann wären wir zu dritt."

Mama gibt Papa einen Kuss und streicht ihm liebevoll über die Wange.

„Du willst auch irgendwas tun, ich weiß. Aber wir zwei Köpping-Frauen schaffen das schon und Frau Renns scheint ja auch auf unserer Seite zu sein. Und mit dem heutigen Abend oder dem morgigen Gespräch ist die Sache ja noch nicht aus der Welt. Wir werden uns sicher noch lange gegenseitig brauchen mit viel Verständnis und der Frage: Was bedeutet eigentlich Vertrauen? Was ist Wahrheit? Aber nicht mehr heute. Wir müssen irgendwie versuchen zu schlafen. Wir brauchen unseren klaren Verstand morgen. Und unser Rückgrat. Und das geht nicht, wenn wir vor Müdigkeit kaum stehen können."

Nun liege ich tatsächlich im Bett und fühle nun doch die ersehnte Erleichterung. Es war schlimm, ja, und dann auch wieder nicht. Dieser Ausbruch von Mama, dieses Schluchzen; es war, als hätte ich ihr in diesem Moment ein Messer in den Leib gerammt. Ich dachte, ich ersticke gleich an meiner Schuld. Und dann wurde doch alles gut. Bevor ich ins Bad ging, haben wir uns noch lange gehalten. Ich spürte Mamas schnellen Herzschlag und roch Papas kalten Schweiß. Aber nichts davon war beunruhigend. Im Gegenteil. Ich fühlte mich geborgen und sicher und mit diesem Gefühl werde ich auch gleich einschlafen und den morgigen Tag mit all den Herausforderungen, die da kommen werden, bewältigen können. Das weiß ich bestimmt.

Mittwoch.

Mama sitzt neben mir im Büro des Direktors. Sie sieht immer noch müde und blass aus, hat wahrscheinlich die ganze Nacht kein Auge zugetan. Aber trotzdem wirkt sie stark und kämpferisch. Ich blicke mich um. Es wirkt ein wenig wie ein Gerichtssaal. Vorne der Direktor als Richter, neben ihm Frau Renns als Protokollführerin. Links im Raum neben uns und ganz allein: Theo. Er hat sogar seinen Stuhl weit nach hinten gerückt, damit auch jeder sehen kann, dass wir nicht zusammengehören. Die Jungs sind alle nicht da, auch Herr Liebrecht und Herr Meier nicht. Nur Herr van Klusen steht neben dem Direktor am Schreibtisch und schaut auf uns herab. Als sei er der Staatsanwalt und alle anderen die Angeklagten. Meine Mutter nimmt meine Hand, ich richte mich auf. Zusammen werden wir das Gespräch schon meistern und Theo helfen können. Denn es geht hier um seinen Kopf, den er für mich hergehalten hat. Ich muss jetzt einfach meinen dicken Kloß im Hals hinunterschlucken und für ihn sprechen können.

Herr Küstner räuspert sich. „Lassen Sie uns beginnen. Sie kennen alle Frau Renns. Sie wird Protokoll führen. Nein, Herr van Klusen, nehmen Sie bitte dort hinten rechts Platz."

Er wollte sich doch glatt an der Seite des Direktors niederlassen. Ganz schön frech.

„Ich hatte eine wirklich schlaflose Nacht, das können Sie sich denken. Aber Ihnen wird es sicher nicht anders ergangen sein. Ich fasse nun grob die Ereignisse zusammen und möchte dabei von keinem unterbrochen werden."

Herr Küstner schaut Herrn van Klusen streng an und macht damit zum zweiten Mal deutlich, dass es keine Klüngeleien gibt.

„Am Montag hatte ich das Gespräch mit Herrn van Klusen, der mir von Theodors gewalttätigem Übergriff auf seinen Sohn sowie Mark Liebrecht und Ingo Meier berichtete. Von Falks Verschandelung konnte ich mir selbst einen Eindruck machen und das Krankenhaus bestätigte mir Marks Gehirnerschütterung und Ingos gebrochene Nase. Theodor selbst hatte zu diesem Zeitpunkt noch keinerlei Bestreben, sich zu erklären. Im Gegenteil, er schien es geradezu darauf anzulegen, von der Schule verwiesen zu werden. Ich hatte also keinen Grund, an den Ausführungen Herrn van Klusens zu zweifeln. Am Dienstag allerdings erfuhr ich dann von Michaela, wie es aus ihrer Sicht zu dem Zwischenfall gekommen war. Gestern Abend habe ich mir ihre Schilderung übrigens noch von Theodor bestätigen lassen.

Falk, Ingo und Mark hätten Michaela über Monate genötigt, in unregelmäßigen Abständen Hausaufgaben für sie zu erledigen. Aus welchen Gründen auch immer hat Michaela es vorgezogen, die Forderungen zu erledigen, anstatt diese zu melden. Diese Schwäche sei von den Jungs in zunehmendem Maße ausgenutzt worden, sodass sie sich kürzlich gezwungen gesehen habe, Auswege zu suchen. Dies wurde mir von Herrn Hagele, unserem Hausmeister, ebenfalls bestätigt. Dies habe, und hier zitiere ich wieder Michaela in verkürzter Form, die Jungs im Verlauf so provoziert, dass sie sich zu körperlichen Misshandlungen bis hin zur Folter hätten hinreißen lassen."

„Das ist ja ungeheuerlich! Herr Küstner, ich bitte Sie, Sie sprechen von meinem Sohn!"

„Ich sagte, keine Unterbrechung! Danke! Es geht exakt um das Brechen einer Hand und, wenn wir bei Montag bleiben, um das radikale Abschneiden eines Ponys mit der Absicht zu verschandeln und, was noch viel, viel schwerer wiegt, um Waterboarding."

Herr van Klusen zieht scharf die Luft ein, schweigt aber.

„Theodor hat diesen Vorfall beobachtet und, statt Hilfe zu holen, Mark und Ingo brutal zusammengeschlagen, damit aber der Folter von Seiten der Jungs ein Ende bereitet."

Herr Küstner fährt sich kurz mit beiden Händen über das Gesicht, als befürchte er, das Ausgesprochene könnte an ihm haften bleiben.

„Was ist das nun? Was soll ich damit machen?"

Er schaut jeden von uns lange an, ich senke den Kopf. Der Kloß im Hals ist wieder da, dicker und größer als zuvor. Mama drückt meine Hand.

„Es sind auf jeden Fall zwei Ansichten einer Medaille beziehungsweise eine Wahrheit mit fünf beteiligten SchülerInnen. Was also tun? Ich bin ganz sicher, selbst wenn wir den ganzen Tag reden würden, das Ganze sogar vor Gericht ginge, jeder bliebe bei seiner Geschichte mit gegenseitigen Vorwürfen und entsprechenden Erklärungen. Schuld, Geständnis, Einsicht, womöglich nur leere Worte. Ich aber bin ein Schulleiter und habe bei aller ‚Realpolitik' auch eine Illusion. Nämlich, dass Schule vielleicht auch so etwas wie Werte vermittelt. Daher habe ich eine Entscheidung getroffen und ich hoffe, Sie alle werden sie akzeptieren. Herr van Klusen, Sie brauchen sich gar nicht aufzuplustern, ich werde Ihren Sohn nicht der Schule verweisen. Auch wenn ich große Lust dazu hätte. Aber der einfachste Weg ist nicht unbedingt der beste. Also, alle fünf werden sich einmal wöchentlich mit unserer Schulpsychologin Frau Wendt treffen. Sie wird mir regelmäßig berichten. Zweitens wird eine Art Mobbing-Notfall-Telefon oder Internet-Plattform gegründet, die von Falk und Frau Wendt betreut wird. Falk ist erster Ansprechpartner und wird lernen, sich der Nöte seiner MitschülerInnen anzunehmen. Darüber hinaus wird er die Nachhilfe von Mark und Ingo übernehmen und dafür sorgen, dass sie ihr

Abitur bestehen. Wenn sie über das deutlich erhöhte Lernpensum noch Zeit haben, werden sie die Sport-AGs unterstützen. Und nun zu dir, Theodor. Dass du Michaela aus einer Notsituation geholfen hast, ist natürlich löblich, aber wie du es getan hast, ist nicht zu entschuldigen. Dein Aggressionspotenzial ist auffällig und der Zweck heiligt nicht die Mittel. Du und Michaela, ihr seid von nun an ein Team und werdet voneinander lernen. Du, Theo, weichst ihr nicht von der Seite. Du betrittst mit ihr das Schulgebäude und verlässt es mit ihr wieder. Du passt in den Pausen auf sie auf und nimmst sie auch im Sport unter deine Fittiche und das, ohne jemand anderem ein Haar zu krümmen."

„Fuck!"

„Genau, und du lernst dich zu beherrschen und zu integrieren, wirst Deutsch sprechen und bald sicher viel, viel Spaß bei uns haben. Damit stehst du, Michaela, erst einmal unter seinem Schutz. Je schneller du das Selbstvertrauen gewinnst, an dich zu glauben und selbst für dich einzustehen, desto eher kannst du Theo in den Wind schießen. Was definitiv nicht heißen soll, danach deine Probleme wieder einsam und allein lösen zu müssen. Wir verstehen uns? Vielleicht macht es dir ja sogar irgendwann Spaß, Falk und Frau Wendt zu unterstützen. Du weißt schließlich, worum es bei Mobbing geht. Aber das steht dir absolut frei, okay? Okay! Aber um eins noch klarzustellen: Das ist alles nicht in Stein gemeißelt. Sollte ich merken, dass es nicht funktioniert, oder nur von einem einzigen weiteren und noch so kleinen Vorfall hören, sitzen wir wieder hier, mit der Polizei und den dazugehörigen Konsequenzen. Frau Renns, Sie haben alles notiert, oder? Gibt es noch Fragen? Nein? In Ordnung, dann Ihnen soweit möglich noch einen guten Tag. Ach so, Herr van Klusen, Falk hat bis zur vierten Stunde hier zu sein. Mark und Ingo sind bis Ende der Woche nachvollziehbar krankgeschrieben. Aber Ihr Sohn hat keinerlei Entschuldigung, vom Unterricht fernzubleiben. Meinetwegen kann er auch kahlgeschoren kommen. Aber er kommt. Danke, das war's."

Herr van Klusen flitzt aus dem Raum, sicherlich erleichtert, dass er das Plädoyer für seinen Sohn gar nicht erst hat halten müssen. Theo schaut mich mürrisch an. Wahrscheinlich fühlt er sich am härtesten bestraft. Und Mama? Sie steht mühsam auf, irgendwie alt, bedankt sich dann aber lächelnd und mit hoch erhobenem Kopf bei Herrn Küstner und Frau Renns.

„Ich bin immer noch dabei, das Ganze zu verdauen, denke aber mittlerweile, dass meine Tochter bei Ihnen doch in guten Händen ist. Hoffen wir mal, dass sich Ihre im Moment weise Entscheidung nicht rächt und die drei erkennen, welche Chance im Leben Sie ihnen heute gegeben haben."

Frau Renns wendet sich mir zu. „Wenn du möchtest, Michaela, kannst du dir noch freinehmen und zu deinem Pferd gehen. Du hast ihm sicher noch viel zu erzählen und es reicht, wenn du morgen wieder da bist."

„Nein danke, Frau Renns, mir macht der Unterricht doch Spaß. Außerdem würde ich den Braunen nur erschrecken, wenn ich zu früh am Tag käme."

Ich lache etwas bemüht, fühle mich aber erstaunlich leicht, als könnte ich die Treppen zum Klassenzimmer fliegen.

Es wird aber noch besser. Als ich den Raum betrete, bleibt den meisten die Spucke im Halse stecken. Sie starren mich an, aber ohne eine Spur der Häme.

„Krass", bringt es Juliane auf den Punkt und hebt den Daumen in meine Richtung. „Steht dir Bombe!"

Ich blicke zu Annabell und selbst sie kann hinter ihrer Überraschung einen Anflug von Anerkennung nicht verbergen. Wahrscheinlich werde ich gerade bei jedem Schritt ein paar Millimeter größer. Und rot bin ich natürlich auch nicht mehr geworden. Unbeschreiblich dieses Gefühl, wirklich zu sein und kein angedeutetes Etwas, das sich gleich wieder zurücknehmen will.

Annabell dreht sich zu mir um, als ich meinen Platz erreiche.

„Wer hätte das gedacht, das hässliche Entlein wird zum Schwan. Nur deine Klamotten … Könnte dir helfen, heute gleich um drei?"

Ein vorwurfsvoller Blick von Fiona, aber ich beruhige sie sofort.

„Danke, Annabell, aber ich fühle mich wohl so, wie ich bin. Und ein weiterer Klon an deiner Seite wäre wohl einer zu viel."

Die Stille, die nun folgt, lässt mich erahnen, das mich mein Übermut etwas zu weit getragen hat. Aber warum eigentlich? Warum haben nur bestimmte Menschen das Recht, frech, ungehörig, verletzend zu sein? Ich will das auch zumindest können dürfen, mich wehren dürfen mit gleichen Mitteln. Ich will es Annabel mit gleicher Münze heimzahlen, ohne gleich zu hören oder zu spüren *Du doch nicht, Michaela, du bist doch anders..., du kannst dir das doch gar nicht leisten.*

Ich suche die Blicke von Ramona, Lydia und Beate, aber sie senken alle drei den Blick, werden sogar anstelle von mir rot und fleckig, als bräuchte ich ein Spiegelbild, um zu erkennen, wie die Wirklichkeit tatsächlich aussieht.

„Tschuldigung, Annabell, das war nicht nett, du wolltest nur helfen. Ist mir nur so rausgerutscht, ist gerade ziemlich viel passiert."

Ich zwinge mich, den Kopf oben zu halten, den Blick nicht zu senken. Es gelingt mir, immerhin. Der Sieg ist nicht gänzlich verloren.

Aber der Rest meines Hochgefühls hält auch nicht lange an. Falk kommt zurück und mit seiner Mütze auf dem Kopf muss er sich nun gehässige Witze anhören. Sein Hass durchdringt mich und lässt mich erstarren. Wenn ich jetzt tot umfallen würde, würde es mich nicht verwundern. Aber was habe ich von ihm erwartet? Reue? Oder ein *Okay, wir sind quitt*? Vielleicht. Vielleicht habe ich aber auch gar nicht darüber nachgedacht. Aber Hass? Blanker Hass? Damit habe ich nicht gerechnet, auch nicht bei ihm. Und ein äußerst ungutes Gefühl beschleicht mich, dass das Unheil noch lange nicht vorbei ist.

4

Wir haben etwas zu feiern, Brauner. Bin extra noch zum Supermarkt und habe geraspelte Möhrchen für dich gekauft, für den Fall, dass du sie sonst nicht kauen könntest. Lecker, oder? Ich kann dir gar nicht alles erzählen, was passiert ist. Muss das erst mal selbst verdauen. Eigentlich strotze ich nur so vor Glück und Stolz. Du hättest die Blicke meiner KlassenkameradInnen sehen sollen, als ich mit meiner neuen Frisur aufgetaucht bin. Aber Falk ist echt total verpeilt. Schiebt mir die Schuld in die Schuhe, dass er Ärger hat. Er kapiert einfach nicht, was er getan hat. Ich mein, er hätte locker angezeigt oder zumindest von der Schule verwiesen werden können. Wäre wahrscheinlich auch richtiger gewesen. Hab echt Angst vor ihm, sogar noch mehr als vorher. Aber dir ist das egal, oder? Hauptsache, du bekommst deine Leckereien und Streicheleinheiten, ja, genau."

Ich kraule ihn an den Ohren, während er seinen Kopf genüsslich an meiner Brust reibt.

„Aber Theo ist jetzt mein Beschützer, tatatataaaa! Das heißt, ich werde gaaaaanz viel Zeit mit ihm verbringen. Er ist zwar nicht davon begeistert, aber vielleicht lässt sich das ja noch ändern. Mal sehen. Auf jeden Fall werden alle Mädels aus der Klasse, nein, aus der kompletten Jahrgangsstufe vor Neid schier zerplatzen. Und das allein fühlt sich schon mega an."

Ich bin zu aufgedreht, um lange in Schmusestellung zu verharren.

„Tut mir leid, Großer, ich wollte schon längst andere Bürsten gekauft haben. Aber es war einfach zu viel los. Mache ich morgen. Denke schon, dass meine Hände wieder mitspielen. Dann werde ich dich mal so richtig sauber machen."

„Das ist auch verdammt nötig!"

Ich fahre herum und kann's nicht glauben. Theo lehnt am anderen Ende des Zauns. Wie lange er da wohl schon gestanden hat? Hat er etwa alles gehört? Ich stöhne innerlich. Ich dachte, es sei jetzt definitiv vorbei mit den Peinlichkeiten. Ich bleibe beim Braunen stehen und klopfe ihm beruhigend den Hals. „Du kannst ja Deutsch."

„So what!"

„Hast du bislang gut verleugnet. Was machst du hier?"

„Poor old hack, you've there!"

„Ist nicht meiner, ich kümmere mich nur um ihn."

„Fucking great job, I reckon."

„Müssen wir so schreien? Komm doch her, wenn du dich traust."

Aber Theo bleibt, wo er ist. Und ich werde auch einen Teufel tun und zu ihm gehen.

„Nicht wahr, Brauner", flüstere ich, „soll er doch kommen, wenn er etwas von uns will."

Aber es ist gar nicht so leicht, ihn im Rücken auszuhalten und zu wissen, dass er einen beobachtet. Ich drehe mich wieder zu ihm um.

„Vielen Dank, aber hier brauchst du nicht auf mich aufzupassen. Du kannst ruhig wieder gehen."

Theo lacht spöttisch, geht aber nicht weiter darauf ein. „She looks fucking bad alright. What's the matter?"

„Er! Es ist ein Er. Ich denke, er ist einfach alt. Ich habe ihn vor zwei Wochen entdeckt. Anfangs hat er gar nicht reagiert, war richtig stumpf. Jetzt freut er sich schon, wenn ich komme. Aber er steht immer an derselben Stelle, als ob er sich nie vom Fleck rühren würde. Dabei hat er Heu und Wasser in der Hütte, hab letztens nachgeschaut. Daher gehe ich mal davon aus, dass er genug frisst und säuft, sonst wäre er doch sicher längst tot. Kennst du dich mit Pferden aus?"

„Yeap!"

„Das heißt wohl Ja. Kannst du nicht mal schauen, ob ihm was fehlt und was ich für ihn tun kann? Ich habe nur leichtes Internetwissen."

Theo kommt tatsächlich näher, lässt den Braunen nicht aus den Augen. Intuitiv mache ich Platz. Er scheint zu wissen, was er tut.

„Good boy", das weitere Gemurmel verstehe ich nicht, aber ich bin erstaunt, wie sanft Theos Stimme klingt. Der Braune beschnuppert ihn auch ganz vorsichtig und es ist, als bezeugten sie sich gegenseitig Respekt. Fasziniert betrachte ich die beiden. Theo legt eine Hand wie in Zeitlupe auf die kleine weiße Schnuppe und schließt dabei die Augen. *Oh nein. Ein Pferdeflüsterer, wie kitschig,* frotzele ich innerlich. Nur passt so viel Gefühl gar nicht zu ihm, eher ein deftiger Cowboyhut und Sporenstiefel. Ihn scheint indessen überhaupt nicht zu stören, dass ich ihn beobachte und in Gedanken auseinandernehme. Er tastet in aller Seelenruhe den Hals ab, den Rücken, die Kruppe und schließlich alle vier Beine. Er hebt jeden Huf hoch, drückt mal hier und mal da und der Braune lässt alles stoisch über sich ergehen. Dann wendet er sich plötzlich ab und gibt eigenartige Pfeiflaute von sich. Der Braune spitzt die Ohren. Theo geht weg, ohne sich noch einmal umzudrehen, und …, ich könnt glatt kotzen vor Eifersucht. Der Braune holpert hinterher. Sehr unsicher und steif setzt er ein Bein vor das andere, aber immerhin. Theo scheint gleichgültig in den Wald zu schauen, ohne gezielt auf das Pferd zu warten. Nur diese komischen Laute dringen über die Koppel und wirken wie ein unsichtbares Seil, an dem sich der Braune entlanghangelt. Erst als er Theo mit seinem

Maul an die Seite stupst, dreht dieser sich strahlend um und lobt ihn ausgiebig.

„Good boy! That's my boy! Good on ya!"

Nichts ist in diesem Augenblick mehr von dem aggressiv verstockten Kerl geblieben, den ich bislang kennengelernt habe. Für einen kurzen Moment sehe ich einen kleinen Jungen, der sich wie zu Weihnachten über tolle Geschenke freut und sie direkt ausprobieren will.

„Wow, du verstehst echt was von Pferden. Bin beeindruckt."

„Just love them, they're the fucking best."

„Ihr hattet also selbst Pferde in Neuseeland?"

„Yeap!"

„Und du vermisst sie?!"

„Yeap!"

„Bringst du es mir bei? Ich mein, wie man richtig mit ihnen umgeht und so …"

„Ya kidding!"

„Was?"

„A fucking joke or what?"

„Nein! Ich will es wirklich lernen. Warum auch nicht?"

„Oh boy, heaps to do, ay? You reckon, she'll be right? Fuck, why not."

Er zeigt auf die Hufe. „Fucking toes are too long."

Ich zucke nur die Achseln. „So what?"

Theo lacht. „Alrightie, we'll give it a go. She needs heaps of grooming, mate."

„Ist immer noch ein Wallach", sage ich, überrascht, dass ich ihn ein zweites Mal korrigieren muss. Für eine Sekunde scheint er nicht zu begreifen, dann verdreht er amüsiert die Augen und schaut mich mitleidig an. Ich beuge mich noch mal herunter, verdammt, ich habe doch recht.

„Got all the fucking gears?"

„Heh? Kannst du nicht mal Deutsch reden? Dein Kauderwelsch versteh ich nicht. Hat für mich wenig mit Englisch zu tun."

„Brushes?" Übertrieben pantomimisch putzt Theo die Luft.

„Wollt' ich heute noch besorgen. Ging vorher nicht", und ich halte ebenso demonstrativ meine eine noch getapte Hand hoch.

„Yeap. See ya tomorrow then."

Er gibt dem Braunen noch einen Klaps, nickt mir kurz zu und springt dann locker flockig aus dem Stand über den Zaun, als wäre es gar nichts. Ich schaue ihm sprachlos hinterher, bis er zwischen den Bäumen verschwunden ist.

Langsam gehe ich zu dem Braunen und gebe ihm ein Leckerli.

„Oh Mann, Brauner, was für ein Typ! Aber toll ist er schon irgendwie, oder? Und wie lieb er mit dir umgegangen ist. Du müsstest ihn mal in der Schule erleben, wie Tag und Nacht. Und seine Sprache! Mama bekäme vor Entsetzen gar nicht mehr den Mund zu. Habe heute mehr F-Wörter gehört als in meinem ganzen Leben zuvor. Aber wenn er dich mag, mein Großer, kann er gar nicht so verkehrt sein. Was meinst du? Und lernen kann ich sicher eine Menge von ihm."

Wie zur Bestätigung schlägt der Braune den Kopf hoch und runter und scharrt mit den Hufen. Ich lache und habe Falk vollkommen vergessen.

Donnerstag.

Ein Raunen geht durch die Klasse, als sich Theo in der ersten Stunde gleich neben mich setzt. Himmel Herrgott, ich dachte, das mit dem Rotwerden sei vorbei, dabei kommt er doch nur der Aufforderung des Direktors nach.

„Begrüßt unser neues Dream-Team", eröffnet Falk gehässig die Runde. „Darf ich vorstellen? Babysitter Theo in seiner Traumrolle, steht ihm doch prächtig, oder?"

Natürlich lachen alle, aber keiner versteht. Wie sollten sie auch.

„Da komme ich ja genau richtig. Erste Abmahnung im neuen Spiel für dich, Falk van Klusen. Ich wollte dich gerade zum Gespräch holen, weil du in der gestrigen Runde selbst nicht anwesend warst. Ich glaube, es ist auch bitternötig, dass wir zwei uns noch einmal gut unterhalten. Kommst du bitte?"

Es ist mucksmäuschenstill, als Herr Küstner Falk hinausgeleitet. Sobald sich aber die Tür schließt, geht der Tumult los.

„Was geht hier eigentlich ab?"

„Wo sind Mark und Ingo?"

„Warum musstest du zum Direx, Theo?"

„Was hast du damit zu tun, Michaela?"

„Und was hat Falk angestellt? Was für ein neues Spiel? Und überhaupt: Warum Abmahnung? Wegen eines blöden Scherzes?"

Ein lautes Durcheinander, die Fragen trommeln auf uns nieder, Theo dreht sich von mir weg. Fiona kommt dagegen immer näher, zieht sich förmlich über meinen Tisch und stupst mich ständig an, damit ich endlich antworte.

„Stopp!" Herr Backes steht am Lehrerpult und versucht, sich Gehör zu verschaffen.

„Alle miteinander, stopp! Kommt mal wieder zur Ruhe und setzt euch. Ich kann verstehen, dass ihr aufgeregt seid. Es ist ja auch zu schrecklich, was passiert ist."

„Aber wir wissen doch nichts! Das ist ja unser Problem. Sie, Herr Backes, können uns doch bestimmt aufklären, nicht wahr?" *Pling.*

Unglaublich, Annabell ist in ihrem verführerischen Element und Herr Backes kann sich kaum erwehren.

„Ach nein, wirklich? Ich dachte immer, der Buschfunk funktioniert."

Herr Backes hüstelt verklemmt. „Ja, nun gut ... äh ... also ..."

„Herr Backes?", fahre ich dazwischen. „Wenn Herr Küstner es gewollt hätte, dass die Schule es erfährt, hätte er eine Krisensitzung in der Aula einberufen. Es gibt eine Privatsphäre und ich bitte Sie, diese auch zu respektieren."

Alle sind baff, dass ich es gewagt habe, einen Lehrer in die Schranken zu weisen, am meisten aber wohl ich selbst. Mir wird heiß, aber wieder schaffe ich es, den Kopf hochzuhalten. Herr Backes rudert sofort zurück.

„Oh, aber natürlich, du hast ganz recht, Michaela. Entschuldigung. So, ja, ähm, dann lasst uns mal zum Thema zurückkehren. Wo waren wir?"

Enttäuscht grummelnd ziehen alle ihre Bücher hervor, aber Theo zwinkert mir zu. „Chur, mate!"

Was auch immer das heißen soll, es war wohl richtig nett gemeint. Mir wird noch heißer.

Nachmittags treffen wir uns tatsächlich am Zaun. Ich bin freudig überrascht, versuche es aber nicht zu zeigen.

„Schau, er steht wieder an derselben Stelle, als hätte er sich nicht fortgerührt."

„Good pozzie though. No wind, pretty much sun."

Wir gehen gemeinsam zum Braunen.

„G'day, boy, owsidgown? Sweet as, ay?"

Ich muss lachen. „Das ist doch kein Englisch!"

Ich schiebe Theo beiseite und mach meinen Hongi.

„Das lassen wir uns nicht nehmen, oder? Egal, ob er Fachmann ist oder nicht. Soll er doch erst einmal verständlich sprechen, hm?"

Ich kraule sein Ohr und freue mich, dass er bei mir stehen bleibt.

„Am an Enzedder, so what!"

„Ein was?"

„A KIWI", betont er ungeduldig und mir flutscht „a fucking KIWI, I guess" heraus.

Jetzt muss Theo lachen und schaut mich das erste Mal richtig an. „Sweet as, Mickey! Sweet as!"

Es klingt fast wie ein Ritterschlag.

Daraufhin holt er ein komisch gebogenes Werkzeug und eine Riesenfeile aus seiner Tasche, hebt einen Huf hoch und klemmt ihn sich zwischen die Beine. Dann fängt er an zu schnibbeln, sodass das Horn nur so fliegt. Ich erinnere mich, dass er gesagt hat, die Zehen seien zu lang. Und natürlich, er kann's wieder richten. Indessen stehe ich mit meinem Striegel und der Kardätsche, wie ich gestern im Geschäft gelernt habe, nutzlos herum und beobachte das Ganze. Ich will ihn nicht bewundern, tue es aber trotzdem. Alles an ihm ist in Aktion. Sein Gesicht hoch konzentriert, sein Hals gespannt, die Hände sicher und flink. Er schneidet, raspelt und nimmt sich dann den nächsten Huf vor. Hinten scheint er dabei dem Braunen fast das Bein auszurenken, aber dieser bleibt ruhig. Schweißtropfen stehen Theo auf der Stirn, trotzdem sieht alles irgendwie leicht aus. Schließlich richtet er sich auf und schüttelt mit einem kleinen Ruck des Kopfes den Schweiß aus den Haaren. Er ist so komplett anders als unsere Jungs hier. Viel, viel präsenter. Hilfe, ich darf mich nicht verknallen. Mit ihm ist die Enttäuschung doch vorprogrammiert. Was könnte ich ihm schließlich bieten?

„Gizago!"

Eine Minute zu lange geträumt. Er nimmt mir die Bürsten aus der Hand und fängt mit kräftigen Kreisen an, den Dreck aus dem Fell zu rubbeln. Ah, so geht das also, mit links wird der Staub herausgearbeitet und dann mit rechts abgestrichen. Und zack, Kardätsche am Striegel gesäubert. Und zweiter zack, dieser am Boden abgeklopft. Auch hier sitzt jeder Handgriff, alles ist effektiv. Das wird mir langsam zu dumm.

„Ich will auch mal", sage ich und nehme ihm den Striegel aus der Hand.

„Sure, off ya go!" Er behält die Kardätsche wie selbstverständlich in der seinen, als wolle er bewusst noch meine rechte schonen. Wir putzen schweigend weiter, ich anfangs unbeholfen, aber im Verlauf bekomme ich im wahrsten Sinne des Wortes den Dreh raus. Selbst beim Säubern der Kardätsche kann ich ihm von Mal zu Mal mehr entgegenhalten, ohne gleich komplett selbst einzustauben. Es macht total Spaß, dem Braunen scheinbar auch, sein Kopf hängt genüsslich immer tiefer.

„Choice, ay?" Theo klopft ihm zufrieden auf den Hals und schaut mich anerkennend an. „Good job, mate. She is a real beaut, isn't she?"

„Äh, danke, für das Kompliment, äh …"

Theo grinst mich frech an. „Sure mate, you are a beaut, too. No worries, everything is a she, it's just a taste of Kiwi. You will get used to it."

„Warum sollte ich? Du wirst bald Deutsch sprechen."

„Bag it! I'm gonna go back soon."

„Echt, ihr bleibt nicht? Ihr seid doch gerade erst angekommen?"

„Fuck! It's no piss in the hand after all. I just hate it."

„Ach so, du hast Heimweh, das tut mir leid. Wann ist denn dein Vater …"

„Shut up! No damn word about my dad, got it?"

Theo blitzt mich wieder böse an und die schöne Zeit miteinander ist vergessen. Er rafft aufgebracht seine Sachen zusammen und ist so schnell fort, dass meine Entschuldigung ihn nicht mehr erreicht.

Freitag.

Theo würdigt mich keines Blickes. Er sitzt neben mir wie eine massige Schildkröte, den Kopf tief zwischen die Schultern gezogen, und starrt geradeaus an die Tafel.

„Tschuldigung wegen gestern. Wird nicht wieder vorkommen."

Er nickt kurz, „ta", und zieht das Deutschbuch aus der Tasche.

Es beruhigt mich dieses „ta". Es ist zumindest kein „fuck off".

„Na? Ärger im Paradies? Das ging aber schnell", spöttelt Annabell vor uns.

„Shut up", blafft Theo heftig zurück und ich grinse in mich hinein. Ich stehe im Vergleich doch deutlich besser da.

Ich wundere mich trotzdem, als Theo mich nach der Schule zum Braunen begleitet. Wir schweigen den ganzen Weg und ich wünschte mir schon, er wäre doch nach Hause gegangen. Bevor wir durch den Zaun kriechen, hält er mich aber am Ärmel zurück. „It's not your fault, Mickey, I am the asshole, not you."

„Du wirst schon deine Gründe haben. Komm, lass uns den Braunen putzen, er wartet bereits auf uns."

Und das stimmt. Er hält seinen Kopf ganz hoch, nimmt Witterung auf und stampft ungeduldig mit den Vorderhufen auf. Ich will schnell zu ihm, aber Theo stoppt mich erneut. „Lass ihn kommen, warte."

„Warum diese Spielchen? Das ist doch blöd!"

„Jeder muss wissen, wo er steht. Das schafft Vertrauen, auch zwischen Mensch und Tier."

„Und was soll dann dein Theater mit der Sprache? Ich mein', du sprichst perfekt. Legst du es darauf an, dass man dir misstraut?"

Theo zuckt mit den Schultern und dreht sich um.

„Schau ihn nicht an, ich bin sicher, er wird es nicht aushalten und kommen."

Theo lehnt sich rücklings mit den Ellbogen an den Zaun und schaut in den Himmel. Wieder gibt er diese komischen Laute von sich. Pfeifen, schweigen, warten. Pfeifen, schweigen, warten, stampfen. Ich luge vorsichtig über meine Schulter auf die Koppel. Der Braune steht da, wo er immer steht, sieht aber genauso ungeduldig aus, wie ich mich fühle. Ich stöhne.

„Wie lange kann das denn dauern? Muss noch für meine Eltern einkaufen, bekommen heute Abend Besuch."

„Keep it easy, mate, she'll be right."

„Du mit deinen Sprüchen! Hoffe wenigstens, dass er sie versteht."

Und siehe da, aus den Augenwinkeln bemerke ich eine Bewegung. Theo zwinkert mir triumphierend zu.

„Hunde und Pferde sind einfach die verlässlichsten Geschöpfe der Welt, zumindest, wenn man sie anständig behandelt."

„Und zuhören können sie auch. Ich wüsste nicht, was ich die letzten zweieinhalb Wochen ohne den Braunen getan hätte. Er ist wie ein Geschenk vom Himmel gefallen."

„Warum nennst du ihn Brauner?"

„Weil er braun ist. Irgendeinen richtigen Namen wird er schon haben. Den kenne ich allerdings nicht. Mit ihm hat er aber so lange gelebt, dass ich kein Recht habe, ihm einen neuen zu geben. Brauner passt, finde ich, und Großer."

Es dauert noch eine gefühlte Ewigkeit, bis der Braune bei uns ist, dann aber wird er überhäuft mit Lob und Leckerlis. Habe eine ganze Tüte mit altem Brot mitgebracht. Das gefällt ihm.

Nach dem Putzen stellt sich Theo auf die untere Zaunsprosse und fängt an, den Braunen zu massieren.

„Ich glaube, er hat schon lange nicht mehr richtig geschlafen, er ist völlig verspannt. Alte Pferde legen sich nicht mehr so gern hin, sie haben Schwierigkeiten, wieder hochzukommen."

„Ich dachte, Pferde können auch im Stehen schlafen."

„Yeap, aber nicht so tief. Es sind Fluchttiere, die sind immer auf dem Sprung."

„Davon habe ich lange nichts gemerkt. Meinst du, er hatte Schmerzen? Ich mein wegen der Hufe und so?"

Theo schüttelt den Kopf. „Die Zehen waren zwar zu lang, aber die Lederhaut ist in Ordnung. Auch die Statik stimmt, von daher war er bestimmt regelmäßig beim Schmied. Der Winter war lang, da kann das schon mal passieren. Er war ja auch dreckig wie Sau, das passt."

„Du klingst echt nicht wie ein Ausländer, deine Mutter ist deutsch, oder? Bist du zweisprachig aufgewachsen?"

„Yeap! War Mum immer wichtig. Erzähl es aber nicht weiter."

Ich wechsle unverfänglich wieder das Thema.

„Wem er wohl gehört? Ich habe noch nie jemanden hier gesehen, nur frische Reifenspuren. Und wie gesagt, Heu und Wasser sind auch immer frisch."

„Umso besser für uns, dann müssen wir uns nicht rechtfertigen, was wir mit ihm anstellen. Nicht jedem Besitzer würde gefallen, was wir hier machen."

„Wieso, wir kümmern uns doch. Dem Braunen geht's deutlich besser. Und was immer du auch gerade tust, er scheint es zu lieben."

Ich lache, der Braune sieht aber auch zu komisch aus. Der Kopf berührt fast den Boden, die Ohren hängen schlaff nach vorne, die Augen sind halb geschlossen und Sabber fließt ihm aus dem Maul.

„Pferdeflüsterer, Schmied, Osteopath, was bist du denn sonst noch? Seid ihr alle in Neuseeland solche … Allrounder?"

„We lived in the wop-wops, also sehr weit draußen. Da muss man sich schon zu helfen wissen. Hab viel gelernt auf der Farm, mehr als im Internat."

„Wow! Du warst im Internat! Stell ich mir sehr … elitär vor und … fein. Kann mir nicht vorstellen, dass dein Fluchen auch zur Ausbildung gehörte."

Theo schmunzelt, mit einer Spur Bitterkeit vermischt. „Meine Mutter verzweifelt auch, aber das war immer schon mein Mittel zu rebellieren. Fuck! Ich wollte immer auf der Farm bleiben, bei Dad und den Jungs draußen bei Wind und Wetter. Hatte keine Chance und jetzt bin ich sogar hier, am Arsch der Welt! Damn it!"

Er klopft dem Braunen auf die Kruppe und springt auf den Boden.

„That should do!" Er schaut auf die Uhr.

„Far out! That late! Du musst doch auch los, oder? Bist du am Wochenende hier?"

Ich nicke. „Hast du auch Lust? Äh, ich mein, wir könnten uns … äh, sollen wir …, wann hättest du Zeit?"

„Hey, don't make a fuss about it. It's not a date. Ich könnte so um zwei, halb drei."

„Ja, das passt, dann bis morgen."

„See ya."

Ich bleibe noch ein Weilchen und versuche im Stillen, aus dem Kerl schlau zu werden, während der Braune spielerisch die restlichen Krümel aus der Tüte fischen will. Irgendwie tut er mir leid, Theo meine ich. Bei all dem Aufruhr, den er in sich trägt, bin ich doch eigentlich gar nicht mal so schlecht dran.

Samstag.

„Hab ich's mir doch gedacht, dass ich euch nachmittags mal erwische."

Theo und ich fahren herum mit den Bürsten in der Hand. Wir haben überhaupt nichts gehört. Kein Motorengeräusch, kein Klatschen der Autotür. Oje, hoffentlich bekommen wir jetzt keinen Ärger.

„Wird ja auch mal Zeit, dass wir uns kennenlernen. Muss mich beinahe schon anstrengen, mein eigenes Pferd wiederzuerkennen."

Noch ist er zu weit weg, um abschätzen zu können, ob er böse auf uns ist oder nicht. Zudem macht er keinerlei Anstalten, sich uns zu nähern.

„Wir müssen reden, könnt ihr mal kurz kommen?"

Ich fühle mich ertappt, als hätte ich in Nachbars Garten Äpfel geklaut, aber Theo stapft selbstbewusst dem Mann am Zaun entgegen. Ich natürlich hinterher. Mit jedem Schritt wirkt der Fremde größer, bulliger und dementsprechend angsteinflößender. Er hätte eine gute Figur als Rausschmeißer in einem

Film abgegeben. Gleich nimmt er uns sicher beide am Schlafittchen und schleudert uns verärgert fort. Ab nach Kassel, wie Omi sagen würde.

Aber das breite Gesicht wird zu einem freundlich lachenden Pfannkuchen.

„Keine Bange, ihr zwei, ich reiß' euch nicht den Kopf ab. Aruko geht es gut mit euch, das sehe ich. Danke übrigens dafür. Aber bevor ihr euer Herz zu sehr verschenkt, solltet ihr eines wissen."

Er stockt und wirkt auf einmal recht verlegen.

„Er ist alt und müde, die Knochen wollen einfach nicht mehr. Ich hab alles versucht, mit anderen Pferden, in der Box, hier. Aber er kommt einfach nicht mehr zurecht. Entweder wird er von jüngeren Pferden gebissen und geschlagen oder er ist zu einsam. Ein bisschen tägliches Futter reicht eben nicht."

„Was wollen Sie uns damit sagen?", wage ich zu fragen. „Sie wollen doch nicht …"

„Fuck, he does. She's not worth a piss anymore, so …"

Theo macht ein Geräusch, als schneide er sich die Kehle durch.

„Na, so schlimm muss es ja nicht werden, es gibt da auch andere Methoden, aber …"

„Aber Sie sagen doch selbst, wie gut Aruko es mit uns geht. Sie sehen doch die Veränderung. Er freut sich, wenn wir kommen. Er ist richtig lebendig geworden. Sie können doch nicht …, doch nicht jetzt?"

Mir bleiben die letzten Worte im Halse stecken. Ich kann's nicht fassen. Mein Brauner soll getötet werden.

Der Mann wendet seinen Blick ab.

„Deswegen will ich ja auch mit euch reden. Es ist toll, wie gut ihr euch kümmert. Aber das ist doch keine Lösung. Wie lange seid ihr hier am Tag? Eine Stunde? Am Wochenende vielleicht mal zwei? Dann ist Aruko trotzdem den Rest des Tages hier allein. Morgens kommt er kaum noch hoch, wenn er überhaupt mal liegt. Er frisst zu wenig und die wenige Zeit, die er mit euch dann hätte, ist doch kein Grund, ihn sonst leiden zu lassen. Ich kenne Aruko, seitdem er ein Fohlen ist. Bin quasi auf ihm groß geworden. Der Wald gehört uns und wir sind oft hierher geritten und haben ihn auf der Koppel toben lassen. Bei gutem Wetter haben wir sogar ganze Wochenenden in der Hütte verbracht, meine Schwester und ich. Es war herrlich. Mit dem Tod meiner Eltern habe ich den Hof übernommen, da war keine Gelegenheit mehr zum Reiten. Aber er hatte trotz allem eine gute Zeit. Freunde von mir haben einen Stall mit Reitbetrieb. Er war dort bestens versorgt, bis er anfing, sich draußen von den anderen Pferden zu absentieren. Er tobte nicht mehr mit und wurde schließlich immer häufiger attackiert. Er wehrte sich einfach nicht. Nur in der Box zu stehen, war auf Dauer auch inakzeptabel, Pferde brauchen frische Luft. So habe ich ihn hier an unserem Lieblingsort untergebracht, anfangs sogar mit zwei Ziegen, damit er eben nicht ganz allein ist. Aber die haben ihm nur das Heu weggefuttert. Dann gab's noch Pauli, ein altes Pony von anderen Freunden, das aber nur vier Monate hier draußen überlebt hat. Eines Morgens war sie einfach tot. Ich will dasselbe nicht mit Aruko erleben und auch ihm und euch ersparen. Er hatte ein tolles und ausgefülltes Leben, das soll auch in Würde zu Ende gehen. Versteht ihr?"

Ich sehe in gütige Augen und das, was ich höre, klingt auch logisch, aber … das ist einfach viel zu schnell. Ich schüttele vehement den Kopf.

„Bitte nicht", flüstere ich nur und dieses Scheißgefühl der Ohnmacht überkommt mich wieder und treibt mir die Tränen in die Augen.

„Sorry, Sir, my name is …, mein Name ist Theo Jenson und wir hatten back in New Zealand auch Pferde. Ich weiß genau, was Sie meinen. Wir haben sie, wenn es so weit war, selbst mit unserem eigenen Gewehr erschossen. Wenn man so etwas tut, ist man sich absolut sicher, dass der richtige Zeitpunkt gekommen ist. Man sieht es im Auge des Pferdes und mit dem Akt der Gnade zollt man seinem Tier Respekt. Be honest, Sir, could you do it now? Könnten Sie heute mit einem guten Gefühl anlegen und abdrücken?"

Theo schaut den Mann fest an und ich bin wieder einmal nur beeindruckt.

„Bist du der Sessner-Sohn? Hab schon viel von dir gehört. Meine Frau war mit deiner Mutter in einer Klasse. Bin übrigens Kurt Kleiber, hatte mich noch gar nicht vorgestellt. Und wer bist du?"

Er scheint froh zu sein, Theos Frage so nicht direkt beantworten zu müssen.

„Michaela Köpping", piepse ich und bin mir meines fehlenden Selbstbewusstseins nur zu bewusst.

„Wait a sec, I show you something", fährt Theo fort und geht forsch auf den Braunen zu, wendet sich kurz vor ihm ab und fängt an, in seiner besonderen Art zu pfeifen. Sofort hat er Arukos Aufmerksamkeit. Der Kopf schnellt hoch, die Ohren wackeln lebhaft, die Nüstern blähen sich und sogar das ungeduldige Aufstampfen der Vorderhufe fehlt nicht. Theo schlendert gelassen bis zur hinteren rechten Ecke und bleibt dort mit dem Rücken zu uns gewandt stehen. Ich kenne ja schon das Spiel und bin gespannt, ob der sogenannte Vorführeffekt auch ihm zum Verhängnis wird. Der Braune schnaubt, stampft und macht sich dann auf zu Theo. Ja, super. Ich jauchze innerlich auf. Da ist kein Holpern, kein Stolpern, keinerlei Unsicherheit im Schritt. Er stupst Theo schließlich an und bekommt aus einer seiner Hosentaschen seine Leckerlis. Theo lacht und klopft ihn kräftig zur Belohnung. Dann kommt Theo wieder zu uns und Aruko folgt sofort.

„Alle Achtung! Da ist viel passiert in den letzten Wochen, nicht nur in Sachen Fellpflege. Aber nichtsdestotrotz ist Arukos Zeit so gut wie abgelaufen, wenn auch nicht direkt heute. Ihr solltet nur vorbereitet sein."

„Ein Vorschlag, Sir, wir kümmern uns noch ein bisschen um ihn. Ich kenne mich, wie gesagt, auch ein bisschen aus. Wir geben Ihnen regelmäßig ein Feedback über den Tag und Sie können dann immer noch entscheiden. Wir bräuchten nur Ihre Telefonnummer für Notfälle. Deal?"

„Einverstanden. Warten wir noch ein wenig ab. Aber wenn ich denke, es geht wirklich nicht mehr, dann diskutiere ich nicht weiter mit euch, okay?"

Theo nickt und lacht Aruko an. „Good boy, we suss it out, aye?"

„Und wir dürfen ihn weiter putzen und pflegen? Sie haben nichts dagegen?"

Ich bin so erleichtert, dass ich Herrn Kleiber am liebsten umarmt hätte. Aber immer noch ist der Zaun zwischen uns, der Braune aber steht direkt neben mir. So lasse ich meine Freude an Aruko aus und nach all dem Schmusen, Streicheln und Klopfen ist Herr Kleiber plötzlich wieder verschwunden. Auch dieses Mal haben wir nichts gehört, kein Türenklatschen zum Abschied und kein noch so leises Motorengeräusch.

150

Sonntag.

Was für ein Tag. Blauer Himmel und kein einziger Besuch, der ansteht. Ich lerne noch schnell ein paar Vokabeln, dann bin ich frei und flitze zum Braunen. Theo ist noch nicht da und das ist gut so. Dann habe ich Aruko ganz für mich allein.

„Hi, Brauner, da haben wir gestern ganz schön Glück gehabt, hm? Nicht auszudenken, du wärst plötzlich weg gewesen. Wir haben uns doch gerade erst gefunden."

Aruko schnaubt wie zur Bestätigung und sucht in meinen Taschen nach den Leckerlis.

„Habe dir etwas ganz Besonderes mitgebracht. Soll doch gelacht sein, dass wir dich nicht wieder richtig aufpäppeln. Siehst du den Eimer da? Habe für dich gekocht. Kennst du vielleicht von früher, nennt sich Mash. Musste gestern noch extra in den Viehfutter-laden, hatten zu Hause – oh Wunder – keine Dinkel-kleie. Hört sich furchtbar gesund an, oder? Mama war heute früh auf jeden Fall mächtig erstaunt, als ich ihre Haferflocken und Leinsamenvorräte geplündert habe."

Ich öffne den Eimer und halte ihn dem Braunen hin. Ganz vorsichtig steckt er seinen halben Kopf hinein und spielt mit seiner Oberlippe in dem Brei. Er schlägt sein Maul hin und her und mir damit beinahe den Eimer aus der Hand. „Hey, nicht so stürmisch, das ist nicht zum Planschen, nur zum Fressen. Versuch's doch mal."

Stattdessen wirft er den Kopf zurück und bekleckert mich von oben bis unten. Ein dicker Klecks landet mitten auf meiner Nase und ich lache laut auf.

„Danke, aber ich habe schon gefrühstückt. Ist dir das Ganze nicht geheuer? Warte mal, wir probieren es anders." Ich nehme eine Handvoll aus dem Eimer und halte es ihm erneut hin. Zack, zack, und schon wuselt seine Oberlippe alles auf den Boden.

„Dir ist wirklich nicht zu helfen. Dachte, das wäre das absolute Leibgericht von euch und dazu noch gesund. Aber wer nicht will, der hat schon."

Ich reibe den feuchten Rest an seinem Fell ab und setze mich neben ihn auf eine Decke. Ich beobachte, wie er die schleimigen Bröckchen im Gras von allen Seiten beschnuppert und dann nach ewig langer Zeit endlich probiert.

„Na, schmeckt's doch? Da hinten steht der Eimer, wenn du mehr willst, ich stehe jetzt nicht mehr auf."

Und tatsächlich, er dreht sich um und steckt nun seinen Kopf ganz tief hinein. Ich höre es schlabbern und schmatzen, bis auch der letzte Krümel verschwunden ist. Aber damit nicht genug, es wird eifrig weitergeschleckt. Der Eimer kippt öfter mal um oder fliegt durch einen ungeduldigen Stoß des Mauls weiter nach vorn, aber immer wird er gekonnt wieder aufgerichtet, um erneut darin abzutauchen, um vielleicht doch noch eine Spur der neu entdeckten Köstlichkeit zu erwischen. Ich hätte Stunden so zugucken können.

„Aye, got her a new toy?"

„Mensch, hast du mich erschreckt! Musst du dich so anschleichen?"

„Du warst so damn stoked about her, du hättest keinen fucking Learjet gehört."

„Oh, und du strotzt wieder vor sprachlichen Kostbarkeiten. Aber es war wirklich zu süß. Ich habe dem Braunen eine spezielle Getreidepampe gekocht und nach anfänglichem Zögern kann er, wie du siehst, nicht genug davon kriegen. Wer weiß, vielleicht wird er so wieder richtig fit."

„Versprich dir nicht zu viel. Aruko ist echt alt und da hilft auch nicht das beste Futter. Wir haben ein wenig Zeit mit ihm gewonnen, let's make fun out of it. Hast du schon mal auf einem Pferd gesessen?"

Ich schüttele den Kopf. „Das muss auch nicht unbedingt sein. Bin ganz zufrieden hier unten."

Theo setzt sich neben mich und reicht mir ein Taschentuch.

„First job cooking, I reckon?"

Es dauert ein paar Sekunden, bis ich verstehe, aber dann lachen wir gemeinsam und ich wünschte, den Moment festhalten zu können. Wir liegen nebeneinander auf dem Rücken und schauen in den wolkenlosen Himmel. Auch die gemeinsame Stille ist schön, überhaupt nicht bemüht. Und ich stelle fasziniert fest, dass ich gar keine Angst habe, etwas Falsches zu sagen oder zu tun. Ich fühle mich einfach nur gut.

„Dad got killed in an accident", sagt Theo leise, „it was just a damn fucking accident."

Wir rühren uns nicht.

„Das tut mir sehr leid. Er muss dir furchtbar fehlen."

„I just hate him, it was his fault!"

„Willst du drüber reden?"

„No!"

„Okay!"

Schweigen.

„Why the heck let you do this to you?"

„Du blockst ab, aber ich soll antworten? Nicht gerade fair, oder? Aber … es war schon immer so, schon seit dem Kindergarten. Ich war allein und die anderen zusammen. Das hat womöglich eingeladen, sich an mir auszuprobieren. Irgendwann hat es sich verselbstständigt und es wurde normal, mich zu hänseln. Das heißt aber nicht, dass ich die ganze Zeit unglücklich war. Wirklich nicht. Ich hatte meine Bücher, beim Lesen war und ist alles gut."

„Far out, das ist krass! Aber wo ist denn dein Stolz? Du musst doch in den Spiegel gucken können."

„Ich muss mir nicht sagen können, wie toll ich bin. Ich bin nicht eitel oder so."

„Bullshit! Wenn du es nicht tun kannst, kann's keiner."

„Hör mir auf mit: Man muss sich selbst lieben und so. Das sagt meine Mutter auch immer. Aber ich finde es albern, sich selbst auf die Schulter zu klopfen und sich einreden zu wollen, wie großartig man ist. Das Einzige, das dabei rauskommt, heißt Annabell. Ich bin doch eigentlich zufrieden mit mir. Man soll mich einfach nur in Ruhe lassen."

„You don't show it."

„Was?"

„Dass du eigentlich zufrieden mit dir bist. Man sieht nur: Wo ist das nächste Mauseloch, in dem ich mich verstecken kann? Das ist doch scheiße. Wenn du sein willst, wie du bist, dann sei so und entschuldige dich nicht dafür. Kopf hoch, Schultern zurück, blick den Leuten in die Augen und sie werden es nicht wagen to make a shit out of you."

„Frau Schuster hat mir auch schon ein paar Tipps gegeben. Und ich denke, ich bin auch schon auf einem guten Weg …"

„Sure as!"

„Dir sind ja sogar die Lehrer egal oder ein Rauswurf von der Schule. Du hast wahrscheinlich Selbstbewusstsein mit der Muttermilch aufgesaugt."

Theo lacht. „You're such a dag!"

„A what?"

„A dag, a funny chap."

„Na, das ist doch besser, als bescheuert zu sein, damit kann ich auch leben. Du willst also wieder nach Hause?"

„Yeap."

„Weg von deiner Mutter?"

Keine Antwort.

„Hast du noch Familie in Neuseeland?"

„An uncle and two cousins."

„Die wahrscheinlich auf einer Farm leben."

„Yeap."

„Du hättest deine Mutter allein nach Deutschland zurückkehren lassen?"

Theo setzt sich auf und schaut mich verärgert an.

„Sie hätte erst gar nicht gehen dürfen. Sie kann sich nicht für ein Land entscheiden, dort Kinder in die Welt setzen und sie später entwurzeln. Das geht einfach nicht."

„Na ja, sie hat sich für einen Mann in einem anderen Land entschieden, wohl nicht erst für Neuseeland. Jetzt als Witwe fühlt sie sich Deutschland mit ihrer Familie und alten Freunden wieder näher, das ist doch verständlich."

Theo springt auf.

„Fuck, she didn't try hard enough. Dad had problems, I know that. He drank too much and spent money he didn't have. But we could have made it. We just needed more time!"

Er dreht sich zum Wald und schreit: „Fuck! Fuck! Fuck! Fuck!"

Aruko geht verstört ein paar Schritte zur Seite und schnaubt empört.

„Unser Brauner kann doch nichts dafür. Komm, setz dich wieder und iss ein paar Kekse. Das beruhigt."

„No, we go for a ride now."

„Bitte was? Du machst Witze!"

„It'll be a ripper, you'll see."

„Kommt gar nicht infrage. Erstens haben wir kein Zaumzeug. Zweitens hat uns Herr Kleiber erlaubt, Aruko zu pflegen, aber nicht, mit ihm das Gelände zu verlassen. Drittens wüsste ich gar nicht, wie ich hochkommen sollte. Unser Brauner ist nämlich mächtig groß. Und viertens kann man dementsprechend tief fallen und eins weiß ich sicher, lebensmüde bin ich nicht."

Theo verdreht die Augen, stellt sich über mich und grinst frech.

„Don't be silly, it's just fun. Du wirst es lieben, komm, ich helf dir hoch."

Theo streckt mir seine Hand entgegen und ich lasse mich hoch auf die Beine ziehen.

„First of all some ground work. She has to feel safe."

Er berührt Aruko an allen Körperstellen und spricht mit ihm mit beruhigender Stimme. Dann dreht Theo schnalzend ein paar Runden über die Koppel und Aruko folgt. Er winkt mir zu.

„Lauf mit und lege deine rechte Hand auf die Seite. Dann bekommst du schon mal ein Gefühl für die Bewegung. Das nimmt dir die Angst."

„Ich bin doch auch viel zu schwer für ihn, das müssen wir ihm doch nicht mehr antun in seinem Alter."

„No worries, she'll be right."

Und ich weiß nicht, ob er mich oder den Braunen beruhigt.

Schließlich führt er Aruko zum Zaun, steigt auf die untere Sprosse und stemmt sich geschmeidig auf den Pferderücken. „Siehst du, er bleibt ganz ruhig, es macht ihm nichts aus. Now it's your turn."

„Keine Chance, ich mach das nicht."

„Come on!"

„No!"

„Und wenn ich mit oben bleibe? Würdest du dich dann trauen?"

„Und du schaffst es, dass er sich nicht bewegt?"

„Yeap!"

„Nun gut, und du ziehst mich hoch? Du solltest wissen, Pferd und ich sind auch beim Sport keine Freunde."

Ich klettere auf den Zaun und strecke Theo recht unbeholfen mein rechtes Bein entgegen. Er beugt sich kurz runter, packt mich an der Taille und schwups sitze ich vor ihm. Verdammt nah vor ihm. Zu nah vor ihm. Ich spüre seine Oberschenkel, seinen Bauch, seine Brust und seine Arme.

„Das fühlt sich doch gut an, Mickey."

Und dieses Mal wird mir leicht schwindelig von der Doppeldeutigkeit. Mein Mund wird trocken. Irgendetwas verändert sich hinter mir, mein Oberkörper wird frei. Stocksteif bleibe ich sitzen.

„Was machst du da?"

„Choice aye, es gibt nichts Schöneres, als auf einer Pferdekruppe zu liegen und in den Himmel zu schauen."

In Zeitlupe schaue ich über meine Schultern nach hinten. Theo wirkt entspannt mit angewinkelten Armen und den Händen unter dem Kopf. Er rekelt sich genüsslich und dabei rutscht ihm der Pullover hoch. Ein Bauch wie aus der Werbung, Waschbrett pur. Ein bisschen viel für mich in dieser Situation. Er strahlt mich an und ist sich seiner Wirkung nicht bewusst. Vielleicht aber auch nur, weil ich es bin. Vielleicht wäre er mit Annabell schon längst am Knutschen. Ich schließe meine Augen, zu blöd das Ganze. Er richtet sich auf und schnalzt. Aruko spitzt die Ohren und setzt sich in Bewegung.

„Halt, bleib stehen. Theo, mach, dass er wieder stehenbleibt."

„No way, that's nothing."

Er klopft dem Braunen lobend auf die Seite.

„Good boy. That's fine."

Ich halt mich krampfhaft an der Mähne fest.

„Relax, Mickey! Nothing can happen, Aruko is calm as."

Und tatsächlich, ganz langsam bewegt sich der Braune vorwärts und mit Theo als Stütze hinter mir fühle ich mich bald sicher.

„Yeap, now you got it. Feels great, aye?"

Ich nicke und strahle. Ich, der Angsthase Michaela Köpping, sitze auf einem Pferd und der coolste Junge ever sitzt hinter mir und hält mich fest. Das Leben kann schon toll sein!

So gehen wir noch ein paar Runden, bis Theo hinunterrutscht und ich mich in seine Arme gleiten lasse.

„Good on ya, Mickey. Are you hungry?"

Ich nicke erneut.

„Okay, let's go. I live just round the corner."

„Echt? Wie bist du denn dann zum Friedhof gekommen? Der liegt doch überhaupt nicht auf deinem Schulweg."

Theo guckt mich mal wieder an, als hätte ich nicht alle Tassen im Schrank. Besser nicht weiter fragen.

Wir nehmen den Weg, den ich an meinem ersten Tag im Wald nicht weiter geradeaus gegangen bin, und kommen nach fünf Minuten zum Rand der Bäume mit Blick auf ein paar Häuser inmitten großer Felder.

„Wow, dort wohnt ihr? Cool!"

„Why should we?"

Wieder dieser Blick. Er verschwindet hinter einer dicken Eiche und kommt mit einem Motorroller zurück.

„Setz dich!"

„Da drauf?"

„Worauf sonst?" Theo verdreht erneut seine Augen. Klar, ich bin ihm eindeutig zu zaghaft. Er schwingt sein Bein über den Sitz und macht ungeduldig Anstalten, nicht mehr lange warten zu wollen.

„Wo sind die Helme?"

„At home, come on, nobody will see us."

„Mag ja sein, aber ich will überleben. Du wohnst doch nicht weit weg, just round the corner. Da kann ich doch schnell laufen, macht mir nichts. Brauche nur deine Adresse."

160

Theo grinst mich verschmitzt an.

„Ich gebe zu, unser Slang ist manchmal etwas irreführend. Setz dich endlich, bekommst den Helm auf dem Rückweg, versprochen."

Dieses Mal bin ich diejenige, die ihre Arme um Theo legen muss. Wieder mal ganz schön nah, das Ganze. Aber verdammt, er fährt mit einem Ruck los und mir bleibt gar nichts anderes übrig, als mich fest anzuklammern.

„Hu, ist das schnell."

„Damn slow, I reckon."

Wir fahren wirklich nur einsame Feldwege entlang, begegnen einer einzigen Frau mit Hund. Die blickt aber noch nicht einmal auf – erstaunlich. Hatte befürchtet, wir würden an jeder Ecke angehalten und müssten uns erklären. Ich entspanne mich langsam. Gefühlt fahren wir um unsere ganze Stadt, auf jeden Fall eine herrliche Ewigkeit lang. Ich bin in seinem Windschatten, daher ist es auch nicht so kalt, wie ich dachte. Das Beste aber ist, ich kann ihn riechen, durch seinen Anorak durch. Mein Herz hüpft vor Freude, kein Witz. Ich spüre wirklich, wie es links in meiner Brust lebhaft auf und nieder springt, ein irres Gefühl. Ich wünschte, sein jetziges Zuhause läge auch am Ende der Welt. Meine Uhr sagt mir allerdings, dass wir nur sieben Minuten gefahren sind.

„Für Kiwis ist das *just round the corner,* du verstehst?"

Wir stehen vor einem sehr kleinen, aber freistehenden Haus mit wunderschönem Garten.

„Wow, ein kleines Paradies."

„Mum liebt Blumen, war das Erste, das sie hier gemacht hat. Hätt sie aber auch back home haben können."

Theo schließt auf und führt mich in einen riesigen Raum: Wohn-, Esszimmer und Küche in einem.

„Gefällt mir bei euch, alles so hell."

„Fucking too bright", Theo macht eine spöttische Kopfbewegung in Richtung einer Tür mit einem großen, gelben, aufgeklebten Kreuz.

„Brauchst du immer und überall Drama?"

Ich öffne die Tür und bleibe erschrocken stehen. Alles ist schwarz, absolut alles.

„Scheint so", sage ich nur und wende mich gespielt gleichgültig ab. Schon ziemlich freaky, der Typ, und ich allein in seiner Wohnung.

„Wo ist denn deine Mutter? Ich dachte, ich würde sie jetzt kennenlernen."

„Sie hat Dienst, ist Krankenschwester in der Chirurgie. Komm, ich schlag uns ein paar Eier in die Pfanne. Schinken sollte auch genug da sein. Danach können wir wieder zurück zum Braunen, der Reitunterricht ist schließlich noch lange nicht vorbei."

„Hast du eigentlich einen Führerschein?"

„Yeap, ist bei uns ab 16. Aber ich fahre hier mein Bike nur auf Schleichwegen. Will nichts riskieren. Hinterher muss ich noch fucking much money zahlen, um damn lessons zu nehmen. Mit achtzehn lasse ich ihn umschreiben und that's it."

„Dachte, du wolltest weg?"

„Falls ich bleiben sollte, sure! If you need a dunny, just there."

„Was? Ach so, Toilette, ja danke."

Auch das Bad ist freundlich, super ordentlich und zack bumm, ich erwische mich gleich bei einem Vorurteil. Frau Jenson ist ja auch Deutsche und eigentlich nicht von irgendwo down under. Autsch! Als ob sie dort nicht putzen könnten.

Theo hat schon den Tisch gedeckt, drückt mir nur noch zwei Gläser in die Hand.

„Ihr habt gar keine Fotos. Tschuldige, will euch nicht zu nahetreten. Aber hier gibt's nichts, das an Neuseeland erinnert oder an deinen … Vater", wage ich, es auszusprechen. „Hilft euch das, hier anzukommen?" Eigentlich erwarte ich eine weitere Explosion sprachlicher Besonderheiten, aber Theo bleibt ganz ruhig.

„I threw them away. Fuck, I was so angry."

Theo stößt seine Gabel in das Ei, als sei es von bösen Geistern besessen. Dann klatscht er das Besteck laut scheppernd auf seinen Teller und schließt die Augen.

„Mum meint es echt gut, will alles richtig machen und treibt mich dadurch erst recht in den Wahnsinn. Wir hätten einfach weitermachen sollen und wenn's nur für die Bank gewesen wäre. Jetzt ist alles anders, Dad ist weg und Mum nicht mehr die Alte. Du hättest sie sehen sollen in ihren dreckigen Farmklamotten, die Haare zerzaust, ihre Hunde im Griff und immer ein Lächeln auf den Lippen. Egal wie anstrengend es war, wie schlecht das Wetter, ob wir im Schlamm feststeckten oder die Herde krank war, Mum hat's gerissen. Sie war so unglaublich stark und jetzt …" Theo schüttelt den Kopf.

„Jetzt ist sie hier so vorsichtig, angepasst und lacht überhaupt kein einziges Mal mehr. Im Gegenteil, sie weint, wenn sie denkt, ich höre es nicht … Ich halte es einfach nicht mehr aus."

„Wie lange seid ihr denn schon hier? Du bist erst seit Mittwoch vorletzter Woche in der Schule."

„Sechs Wochen auf den Tag genau, hab noch das Haus gestrichen und eingerichtet und dabei freie Hand gehabt, wie du siehst."

Er schmunzelt wehmütig. „Mum hat gleich arbeiten können, wir brauchen das Geld. Sie hat sich eigentlich nur um die Pflanzen gekümmert."

Theo isst traurig weiter und ich traue mich nicht, ihm meine Hand zum Trost auf seinen Arm zu legen.

„Sie wird es bald begreifen, dass wir hier falsch sind, da bin ich sicher. Uns und auch ihr wird es besser gehen, wenn wir zurückkehren in unser altes Leben."

„Aber ohne deinen Vater ist es für sie vielleicht nicht mehr das alte Leben. Vielleicht konnte sie nur an der Seite ihres Mannes so stark sein."

Theo springt auf. „Fuck! Ich bin doch auch noch da! Ich brauch das Scheißabi nicht. Was Dad konnte, das kann ich schon längst."

„Klingt, als wärst du ziemlich sauer auf ihn."

164

„Er hat immer nur geschwätzt und große Pläne gemacht, gearbeitet haben andere."

Theo schnappt mir meinen Teller weg, obwohl ich noch gar nicht zu Ende gegessen habe und schmeißt die Reste in die Biotonne.

„Mum hat ihn immer verteidigt, egal wie oft etwas schiefging. Je weniger klappte, desto gewagter wurden neue Ideen und jedes Scheitern wurde in Alkohol ertränkt. Ein fucking Teufelskreis! Haben es wahrscheinlich alle zu spät erkannt. Tja, und dann kam die Nacht, als er meinte, unbedingt noch Opossums schießen zu müssen …"

„Er hatte einen Jagunfall? Oje!"

„No, das hätte man ja noch verzeihen können. Ein Schuss ging versehentlich los, something like that. Aber nein, er kippte volltrunken mit seinem Trike in den Graben, schlug sich so unglücklich den Schädel an, dass er nur noch an fucking Schläuchen hängen konnte. Auch das Sterben musste Mum für ihn erledigen. Unterschrift, Maschinen aus. Fucking damn end, aye?"

Theo schlägt mit dem Geschirrtuch auf die Anrichte, immer und immer wieder.

„Theo, hör auf! Du kannst ihn nicht mehr bestrafen, er ist tot! Hörst du? Theo, das ist schrecklich, aber dein Vater ist tot!"

Ich schreie ihn an, will ihn stoppen und auch diese selbstzerstörerische Wut, die ihn förmlich auffrisst.

„Alles kaputtmachen zu wollen, bringt doch nichts. Ebenso wenig wie zu trinken. Im Moment bist du genauso benebelt wie dein Vater. Werde wach, Theo, dann kannst du immer noch entscheiden, was du willst. Aber nicht mit diesem Hass auf alles und jeden."

„You fucking bastard, don't you dare!" Er stürmt in seine Blackbox und knallt die Tür hinter sich zu.

Ich seufze und habe immer noch Hunger. Das Brot liegt noch verlockend auf der Anrichte und ich schneide mir zwei Scheiben ab. Gerne würde ich mir noch Käse dazu holen, aber so alleine … der Kühlschrank bleibt zu. Ich setzte mich in einen großen Ohrensessel und schaue kauend in den Garten. Wirklich ein schöner Ort, mit viel Liebe gestaltet. Ob ich Frau Jenson wohl jemals treffen werde? Bei Theo weiß man nicht. Ich traue ihm zu, morgen die Sachen zu packen und einen Weg zurückzufinden, egal wie lange es dauert und wie viel es kostet. Vielleicht gibt auch die Mutter auf und kehrt mit ihm heim, aus Angst, ihn sonst zu verlieren. Aber es wäre furchtbar schade, ihn nie wiederzusehen. Schon allein der Gedanke daran tut weh und ich erschrecke ein bisschen, wie sehr. Verdammt, verdammt, verdammt! Ist ja eine Sache, jemanden zu mögen, aber muss ich mich ausgerechnet auch verlieben? In Theo? Passt nicht gerade wie Arsch auf Eimer, wie er es ausdrücken würde. Ich muss schmunzeln.

Jemand tippt mir auf die Schulter, ich verschlucke mich vor Schreck, huste heftig und spucke tausende Krümel durch die Luft.

„Eigentlich hatte ich gestern schon geputzt … Well, du hast was gut bei mir. Sorry, we're a bit of a hard case."

Ich huste immer noch und Theo schlägt mir fest auf den Rücken, dass ich fast auf dem Boden lande.

„Halt", krächze ich, „nicht so doll, bin kein Pferd."

„Yeap, deswegen sollten wir auch zurück. Der Braune wartet sicher schon."

Das war's jetzt? Kein weiteres Wort der Entschuldigung oder Erklärung? Einfach back to normal?

„Du hast echt 'nen Knall, weißt du das?"

„Yeap! Hier, du wolltest einen Helm. Hoffe, er passt."

Montag.

Ich fühle mich heute leicht und unbeschwert, trage keinen Sack auf dem Rücken, ganz im Gegenteil. Ich genieße geradezu die Blicke, wenn ich mit Theo scherzend durch das Schulportal trete oder wir eng beieinander durch die Gänge schlendern. Ich spüre förmlich die stetig wachsende Hochachtung mir gegenüber und Annabell ist grün vor Neid. Einmal hat Theo mir sogar den Arm um die Hüften gelegt. „Give them some gossip", hat er gelacht und mir zugezwinkert. Auch wenn es Spaß war, hat es mir extrem gut gefallen. Vom Sport bin ich immer noch befreit und Falk nutzt sofort mein Sitzen auf der Bank, um mir einen blöden Spruch reinzudrücken.

„Glaubst wohl, du wärst sicher mit diesem Möchtegern-Cowboy. Aber vergiss nicht, Michaela, du bekommst alles zurück, was du mir eingebrockt hast."

Frau Schuster bemerkt uns und kommt sofort näher.

„Falk, lass Michaela in Ruhe, sofort!"

168

„Man wird sich doch noch mal entschuldigen dürfen, Frau Schuster. Hab doch meine Lektion gelernt."

„Das sah nicht danach aus. Abmarsch, die anderen machen sich schon warm."

In diesem Moment knackt der Lautsprecher und die Stimme des Direktors ist zu hören.

„Wie schon am Schwarzen Brett verkündet wurde, gibt es von nun an eine Anlaufstelle für seelische Notfälle, die von Falk van Klusen bestritten und von unserer Schulpsychologin Frau Wendt professionell begleitet wird. Ich möchte dich, Falk, erinnern, von nun in den großen Pausen im Sanitätsraum bereitzustehen und dein Handy immer einsatzbereit zu halten. In diesem Sinne wünsche ich allen eine konstruktive und vertrauensvolle Zusammenarbeit."

Selbst aus der Entfernung höre ich überraschtes Raunen oder hämisches Flüstern und ein zweites Mal wäre ich tot umgefallen, hätten Blicke die Kraft zu töten.

„Ich bin so froh, dass du heute bei mir bist", sage ich zu Theo nach Schulschluss.

„Falk hat etwas vor mit mir, das hat er mir gerade ins Gesicht versprochen. Verrückt! Er denkt wirklich, er sei das Opfer. Glaubst du, das ist irgendwann mal vorbei?"

Theo zuckt seine Schultern. „Keine Ahnung! Es kann sein, dass für ihn eine Blamage schlimmer ist als eine Bestrafung. Und Herr Küstner hat ihn schon deutlich vorgeführt. Das kann er natürlich nicht auf sich sitzen lassen. Aber was kann er tun? Er steht unter Beobachtung. Wenn dir was passiert, fliegt er und seine Bodies gleich mit. Well, I'll keep an eye on you, so no worries at all."

„Ich würde gern noch kurz einkaufen. Der Braune mag geraspelte Möhren so gern und ich hab kaum noch Leckerlis."

„No problem, Mum's at home. Sie hatte Frühdienst und kann das Abendessen übernehmen. Ich habe später also noch genügend Zeit für Mathe. Aber ist das nicht a bit over the top? I mean, grated carrots! She still is a horse."

„Aber ein Pferd mit alten Zähnen! Lass mich doch, wer weiß, wie lange ich ihn noch verwöhnen kann."

Eine halbe Stunde später erreichen wir den Waldrand und hören eigenartige Geräusche.

„Was ist das denn? Werden hier Bäume gefällt oder so?"

„No idea, but …" In diesem Moment stürzen zwei Fahrradfahrer in irrem Tempo auf uns zu. Wir springen schnell zu Seite.

„Bloody hell, that was a close shave!"

„Du, das waren Falk und Ingo. Da muss was passiert sein. Hast du ihre Gesichter gesehen? Total verzerrt und blass."

„And someone is screaming his head off. Hörst du die Schreie? Vielleicht hat sich Mark verletzt und die beiden holen gerade Hilfe. Komm schnell, wir schauen nach."

Wir fangen an zu rennen, dann bleibe ich abrupt stehen.

„Das kommt von der Koppel. Theo, das ist beim Braunen!"

Ein eiskaltes Gefühl des Entsetzens packt mich, ich ahne Fürchterliches.

„Come on, Mikey, it's bloody human. Da schreit ein Mensch, kein Pferd."

Wir stolpern weiter vorwärts. „Bitte nicht, bitte nicht, bitte nicht", mein Herz zerspringt gleich vor Angst. Wir erreichen den Zaun, mein Blick fegt über die Wiese, aber da ist nichts, nirgendwo. Aber immer noch diese Schreie, verdammt, wo kommen die her? Theo zieht mich hinter sich her und da sehe ich ihn endlich und Mark sieht uns. Er kommt auf uns zu, die Hände vor dem Gesicht.

„Das wollt ich nicht. Das wollt ich nicht. Das wollt ich nicht."

Nichts anderes schreit er, immer und immer wieder. Ich ignoriere ihn, starre nur auf das braune Etwas hinter der Hütte. „Aruko! Oh Gott!"

Theo und ich fliegen förmlich zwischen den Holzlatten durch und eilen zum Braunen. Mark versucht, uns festzuhalten.

„Das wollt ich nicht! Das wollt ich nicht!"

Wir reißen uns los.

„Nein, nein, nein!" Ich schreie nun auch. Das alles ist nicht wahr, darf nicht wahr sein. Wie ein Albtraum frisst sich das Bild in meine Seele. Der Braune liegt flach auf der rechten Seite, der Rumpf zittert, ein Vorderbein zuckt. Der Kopf schlägt hoch und fällt wieder zurück, einmal, zweimal, dreimal. Die Augen sind weit aufgerissen und ich spüre das unbändige Flehen. *So hilf mir doch! Schnell!*

Hinter mir Mark, der nicht aufhört zu schluchzen, und dann, dann begreife ich. Die Laute, sie kommen nicht nur von Mark. Ein Stöhnen, rau und lang gezogen, dringt aus den Tiefen dieses so wunderbaren Tieres und lässt mich erstarren. Mein Blut scheint zu gefrieren, ich kann nicht mehr stehen. Ich falle vor den Braunen, krieche zu ihm, zwischen seine Beine. Alles ist so rot, so verflucht rot. Und dazwischen …, ich würge. Etwas unnatürlich Weißes ragt hervor. Es passt nicht, gehört da nicht hin. Ich greife hinein in dieses Rot und werde von einer Sekunde auf die nächste ganz klar. Die Wärme holt mich zurück in die Wirklichkeit. Das Blut ist unglaublich warm. Es fließt über meine Hände und ist so fühlbar real. Ich sehe Theo, wie er hektisch auf sein Handy tippt.

„Shit, shit, shit, no bloody signal."

Mark heult. „Das wollt ich nicht, das wollt ich doch nicht."

„Shut up, Mark! You wanna help, then do it. Get a vet from town and hurry up. You got that? Hol einen verdammten Tierarzt, und zwar schnell. Scheiße Mensch, warum ist denn heute kein Empfang hier?"

Mark rauft sich die Haare, schaut mich an, als ob er erst meine Absolution bräuchte, um überhaupt laufen zu können.

„Bitte, Mark, schnell."

„And tell him, sag ihm, hier wäre ein altes Pferd mit gebrochenem Bein, er weiß dann, was zu tun ist. Und er soll dem Kleiber Bescheid sagen, er wird ihn kennen. Los, und nun hurry up!"

Theo zieht seine Jacke aus und kommt zu mir.

„Lass mich mal sehen. Vielleicht kann ich was abbinden. Gehe du zum Kopf. Er braucht dich jetzt, zur Beruhigung." Er zieht mich hoch und wieder schlägt Arukos Kopf nach oben.

„Ich bin doch da, Brauner, ich gehe nicht weg. Schau, ich komm zu dir auf die andere Seite. So ist es gut."

Ich setze mich so, dass sein Kopf auf meinen Oberschenkeln liegt. Ich streichele seine Stirn, seinen Nasenrücken und entlang seiner Ganaschen. Ich flüstere ihm leise Worte ins Ohr, die keinen Sinn ergeben mögen, aber bei ihm anzukommen scheinen. Seine Atmung wird etwas ruhiger, das aufgeregte Schnauben seltener.

„Gut so, Mickey, das ist genau das, was er braucht."

Theo zieht auch seinen Pullover aus.

„Aber mach ihn mal sauber. Er soll auf seine alten Tage nicht noch aussehen wie seine eigene Karikatur."

Tatsächlich, das ist mir gar nicht aufgefallen. Das ganze Blut von meinen Händen habe ich überall auf seinem Kopf verteilt. Er sieht nun aus, als wäre er vor eine Wand gerannt.

„Armer Kerl, verschandele ich dich noch. Dabei bist du so tapfer. Gleich kommt Hilfe, Großer, dann hast du es geschafft."

Ich nehme Theos Pulli und wische das Gröbste weg und beuge mich zu ihm hinunter. Ich lege meine Wange an seine und fühle die getrockneten Reste in seinem sonst so glatten Fell. Ich kann sie sogar riechen. Normalerweise mag ich den Geruch von Blut nicht, so hart und herb wie der von verrostetem Eisen. Aber jetzt sauge ich ihn auf, als sei es eine Auszeichnung.

„Ja, nicht wahr, Brauner, du bist wunderbar und kannst so stolz auf dich sein."

Der Braune liegt mittlerweile ganz ruhig da, sein Kopf immer noch auf meinen Knien, seine Augen geschlossen. Ich kann nun die Tränen nicht mehr zurückhalten. Sie fließen stumm und vermischen sich mit den Bröckchen, die an mir hängengeblieben sind. Blutige Tropfen bleiben an meinen Lippen kleben, ich lecke sie ab. Ich küsse den Braunen mit feuchtem Mund und schlucke. Verrückt, als tränke ich sein Blut. *Blutsbrüder*, denke ich kurz, für *immer verbunden*. Ein Schauer geht durch seinen ganzen Körper.

„Hoh, ganz ruhig, Brauner, so ist es gut. Du hast Angst und Schmerzen, nicht wahr? Du darfst gleich gehen, brauchst nur etwas Geduld. So ist es fein, ganz ruhig. Gleich kommt der Arzt."

Ich streichele ihn jetzt am Hals und flüstere weiter, als könnte er jedes Wort verstehen.

„Da sind sie, hörst du, Mickey? Mark hat wirklich Hilfe geholt." Theo blickt mich aufmunternd an.

Ich weiß, was das heißt, und fange nun an zu schluchzen. Ich muss mich zusammenreißen, der Braune braucht mich doch jetzt. Ich zittere, atme langsam aus, nur jetzt nicht hysterisch werden. Ich blicke hoch und sehe zwei Männer auf uns zurennen. Herrn Kleiber erkenne ich, den anderen nicht. Keiner hat ein Gewehr dabei, das beruhigt mich etwas.

„Alles nicht so schlimm, Brauner. Du wirst sehen, gleich geht's dir besser."

Herr Kleiber bleibt bei Theo stehen und schaut entsetzt auf mich runter. Er sagt aber kein einziges Wort.

„Darf ich mal?" Der Tierarzt hat einen großen Alukoffer abgesetzt und schiebt sowohl Herrn Kleiber als auch Theo beiseite. Es dauert nicht lange, dann schüttelt er seinen Kopf.

„Der Junge hat recht, hier kann ich nichts mehr tun. Tut mir leid, Kurt."

Er richtet sich auf und macht sich sofort dran, die entsprechende Spritze aufzuziehen. Mein Zittern wird wieder stärker, aber ich höre nicht auf, den Braunen zu streicheln.

„Würdest du bitte jetzt Herrn Kleiber an deine Stelle lassen? Es ist nach all den Jahren schon sein Recht ..."

„Lass gut sein, Piet, Aruko ist den besten Händen. Ich will ihn jetzt nicht stören. Schau, er ist ganz ruhig. Hat tiefstes Vertrauen. Du machst das toll, Michaela! Danke."

Er wendet sich ab, kämpft selbst mit seinen Tränen.

„Verdammt, Piet, mach schon!"

Der Tierarzt kniet sich neben ihn und der Braune öffnet die Augen. Ob er es wohl ahnt oder sogar weiß? Die Spritze fährt in seinen Hals ohne irgendeine Reaktion von ihm.

„Ich werd dich nicht vergessen, Brauner. Nie, hörst du?" Ein Flackern seiner Lider, wie ein letzter Gruß von ihm an die Welt und an mich ganz persönlich. Der Kopf wird schwer, die Augen starr und ich spüre, da ist kein Leben mehr. Theo kommt und zieht mich unter dem Braunen fort. „Komm, Mickey, Herr Kleiber möchte sich auch verabschieden."

Er hält mich, ohne ein weiteres Wort zu sagen. Ich blicke wie in Trance auf dieses Etwas, das gerade noch mein Brauner gewesen war, und kann ihn nicht mehr erkennen. Er wirkt wie eine künstliche Installation: „Schlafendes Pferd auf grün-rotem Teppich".

„Was um Gottes willen ist hier passiert?"

Die dunkle Stimme des Tierarztes rüttelt uns wach. Was ist hier wirklich geschehen? Ich starre auf Mark, der auch wieder da und immer noch völlig außer sich ist. Ich springe auf ihn zu, schlage ihn, schreie ihn an.

„Los, erzähl, was habt ihr ihm angetan? Ihr Monster! Wie konntet ihr nur?"

Herr Kleiber zieht mich zurück.

„Mal langsam, Michaela, hier hat sicher keiner Schuld, das war bestimmt ein Unfall."

Mark schüttelt den Kopf. „Das wollte ich nicht, bestimmt nicht."

Herr Kleiber schaut ihn entgeistert an. „Was wolltest du nicht?"

„Falk hat mitbekommen, dass ihr euch hier im Wald bei einem Pferd trefft. Wir hatten nichts geplant, wollten euch hier nur ein bisschen aufmischen. Aber ihr wart nicht da, nur dieses komische Pferd, das sich überhaupt nicht rührte. Na ja, und da lag dieser Stein ..."

„Stein? Ihr habt Aruko mit Steinen beworfen?"

Herr Kleiber ist fassungslos.

„Nur ganz vorsichtig", als ob das es entschuldigen könnte. „Und das Pferd hat überhaupt nicht reagiert, es hat gar nichts gespürt. Da haben wir es ein wenig mit einem Stock gepikst."

Herr Kleiber stöhnt auf und Theo ballt die Fäuste. Gleich verpasst er Mark eine, das sehe ich.

„Dann hat Falk plötzlich eine gewischt gekriegt mit dem Schweif. Ganz schön heftig, man hat sogar Striemen gesehen. Da ist er ausgetickt und hat seinen Gürtel abgezogen ..., hat immer wieder zugeschlagen. Da hat es sich endlich bewegt, hat versucht, wegzurennen. Plötzlich dann der Knacks, dieser entsetzlich laute Knacks. Es war furchtbar. Zuerst ein Stolpern, dann der Knacks und dann ist es gefallen. Wir sind sofort weggelaufen, aber ich konnte nicht, ich musste zurück. Ich wollte das doch nicht."

Es schüttelt ihn richtig. Wir alle sind sprachlos, Theo beißt sich vor Wut auf die Lippen.

„Ist gut, Junge, ist gut! Beruhige dich. Ein schrecklicher Fehler, aber du hast zum Schluss alles richtig gemacht. Komm, Junge, komm her."

Herr Kleiber nimmt Mark in den Arm, der sich lange an seiner Schulter ausweint.

Epilog

Wie ich nach Hause gekommen bin, weiß ich nicht genau. Ich weiß nur, dass Theo bei mir war, mich hielt und das Reden übernahm, als Mama die Tür öffnete. Ich erinnere mich auch, dass er noch lange bei mir saß im Wohnzimmer auf dem guten Sofa. Er streichelte mein Gesicht, gab mir einen Kuss, einen so zärtlichen Kuss, wie man es von einem Cowboy nicht erwartet. Oder war das nur ein Traum? Ein Traum in einem höllischen Albtraum, denn die Bilder vom blutigen Braunen füllten mich aus. Ich weinte, wollte diese Bilder für immer aus den Augen waschen. Ich schlug um mich, verzweifelt, wollte sie verjagen, aus meinem Kopf heraus, aus meinem Herzen, aus meinem ganzen Ich. Das alles konnte, durfte doch nicht wahr sein. Aber Theo war da und er war Teil dieser grausamen Realität. Er war Zeuge. Also schlug ich auch ihn, um ihn zu vertreiben. Ohne ihn konnte das Hier und Jetzt ein anderes sein, konnte man die Erinnerung ändern, gar schwärzen und dem Morgen eine neue Hoffnung geben.

Theo aber blieb, ertrug die Schläge und auch die Erinnerung.

Er kam wieder, Tag für Tag, fast eine ganze Woche lang. Das Pochen in meinem Kopf klang langsam ab, das Reißen im Körper wurde milder, ließ mich wieder ruhiger atmen. Ich bekam sogar ein wenig Hunger, obwohl ich dachte, nie wieder in meinem Leben etwas essen zu können. Wie überrascht ich war, etwas anderes zu schmecken als metallische Schärfe. Und ich genoss die Hühnerbrühe, die Mama kochte und Theo mir einflößte, Löffel für Löffel in unendlicher Geduld.

Jetzt, drei Monate später, weiß ich, dass ich nicht geträumt habe. Der Braune ist tot. Und sein Ende war schrecklich. Aber Theo ist immer noch da, streichelt mein Gesicht, so liebevoll und vorsichtig, als sei es immer noch wund vom Weinen. Ich schließe die Augen und spüre seinen Küssen nach, die mich damals in meiner Verzweiflung nur wie ein sanfter Hauch erreichten, mich leicht erzittern ließen und mein Inneres kurz berührten. Doch verschwanden sie wieder im Grauen des Erlebten. Jetzt aber zerfließe ich in dem Gefühl, wenn seine Lippen die meinen berühren. Ich werde selbst zu diesem Kuss, denn nichts anderes existiert als das Rauschen in meinem Kopf, das alles Erleben schluckt, aber das Jetzt doppelt verstärkt. Ich liege auf meinem Bett und genieße das Frohlocken im Bauch. Ich muss schmunzeln, weil ich sie endlich nachempfinden kann, die allzu oft zitierten Schmetterlinge. Sie schwirren in mir herum und machen mich glücklich. Unglaublich, was alles passiert ist in den letzten Wochen.

Theo meinte, mich ablenken zu müssen, und lud mich als erste Maßnahme ein, sein Zimmer zu streichen. Was für ein Spaß. Er küsste mir die Farbkleckser von der Nase, den Wangen und den Ohren und ich wusste nicht, wie mir geschah. Mir, Michaela Köpping, die am liebsten unsichtbar durch die Welt gehen wollte. Plötzlich wurde ich gesehen, ausgerechnet von Theo, dem coolsten Jungen der Welt. Und er fand auch mich toll, findet mich nach wie vor toll, jeden Tag aufs Neue. Es ist wie ein Wunder.

Das sagt Frau Sessner übrigens auch und ist mir überaus dankbar. Sie hatte kaum noch daran geglaubt, dass Theo dem Leben hier eine Chance geben könnte. Und nun ist das Zimmer weiß und das „fuck off" kaum noch zu hören.

„Nenn mich Emmi", hat sie gesagt und mir mit einem Glas Sekt zugeprostet. „Auf einen wunderbaren Neuanfang!"

Theo strahlte mich so stolz an, als hätte ich das Bundesverdienstkreuz erhalten, und ich platzte schier vor Glück.

Seitdem habe ich viel Zeit im Sessner-Paradies verbracht. Theo bringt mir das Kochen bei und ich helfe ihm bei Mathe und Chemie. Manchmal putzen wir sogar gemeinsam und lachen uns scheckig, wenn wir gerade an der Toilette ins Knutschen kommen. Aber ich kann nur sagen, es gibt kaum romantischere Orte.

Zudem haben wir gewisse Routinen entwickelt. So treffen wir uns zum Beispiel jeden Morgen am Friedhof, wo für uns alles so grausam begonnen hat, und küssen uns unter der großen Eiche. Wir küssen uns so lange, bis Frau Kuschel mit ihrem humpelnden Dackel aus der windschiefen Tür tritt und uns lachend zuwinkt.

„Guten Morgen, na euch geht's ja gut."

Sie winkt immer so lange, bis wir es als Zeichen nehmen, zur Schule aufzubrechen. Ja, sie hat recht, uns geht es wirklich gut und der Friedhof hat längst seinen Schrecken verloren.

Hand in Hand betreten wir das Schulportal, gehen auch gemeinsam die Treppe hoch zu unserem Klassenraum und lassen unsere Finger erst los, wenn wir uns setzen und die Bücher auf den Tisch legen.

Noch ist das Getuschel nicht ganz verklungen, noch ist unser Zusammensein nicht normal, ist das Verschwinden von Falk und Ingo nicht normal. Und auch die neue Freundschaft zu Mark ist nicht normal. Wie sehr hat ihn doch der Vorfall mit Aruko verändert. Als ob er jeden blöden Spruch, jede miese Aktion, alles Falsche seiner Person wiedergutmachen wolle, schlichtet er Streit auf dem Schulhof, arbeitet nachmittags im Tierheim und am Wochenende bei Herrn Kleiber im Stall. Und wir sagen uns, wenn Kurt ihm verzeihen kann, dann können wir das auch.

So treffen wir ihn heute zum wiederholten Mal zur Nachhilfe bei mir zu Hause. Meine Eltern fühlen sich durch die Ereignisse immer noch überrumpelt und wirken ziemlich verhalten. Es ist, als beobachteten sie die weiteren Geschehnisse aus der zweiten Reihe, um nicht Gefahr zu laufen, vorschnell zu urteilen. Da ist plötzlich ein Junge, der ihnen eine andere Tochter zeigt als die, die sie sie bislang kennengelernt haben. Dazu kommt noch ein anderer ins Haus, der zugegeben hat, mich erpresst und gequält zu haben. Und den sollen sie willkommen heißen und so tun, als sei nichts geschehen? Ich bin ihnen dankbar, dass sie mich machen lassen, nichts kommentieren, mir vertrauen. Dabei weiß ich, sie sind auf dem Sprung, bereit, mich zu beschützen, wenn nötig. Ich öffne die Tür und Mark kommt herein.

„Lasst die Bücher stecken, ich werde Pferdewirt, da brauche ich kein Abi."

„Na, das sind ja neue Töne, wie kommt's", frage ich überrascht.

„Die Ausbildung kannst du doch immer noch machen nach dem Abschluss."

„Nee, hab vorgestern mit Herrn Kleiber gesprochen, er gibt mir eine Chance. Und die Lernerei ist echt nicht mein Ding. Kann mir die Zeit und Mühe sparen und gleich nächste Woche anfangen. Muss nur noch Herrn Küstner Bescheid sagen und mich abmelden. Dann geht's los."

„Mutig", sage ich nur, „wir könnten dir echt helfen und so ausweglos sieht es bei dir doch gar nicht aus."

„Danke, weiß das zu schätzen nach alldem, wirklich. Aber ich wusste bislang nie, was ich will, habe immer nur das getan, was Falk mir gesagt hat. Das ist vorbei. Ich weiß jetzt, wie mein Leben aussehen soll und was mir guttut. Bei den Pferden zu sein, das ist das Allergrößte. Nichts anderes will ich. Also worauf warten?"

„Far out, du bist echt für Überraschungen gut. Viel Glück dafür, mate. But what about Falk? Hast du was von ihm gehört?"

„Ja, schon, war ja Hauptbelastungszeuge. Bin nur froh, dass es ein Schnellverfahren gab und sich die Sache nicht bis in die Puppen ziehen wird. Mir wurde ja zugutegehalten, dass ich nicht geflohen bin und Hilfe für Aruko geholt habe. Auch dass ich bereit war, die Übergriffe auf dich zuzugeben, Mickey, hat mir sehr geholfen. Mit euren Protokollen und meiner Aussage wurde Falk eindeutig als Anführer angesehen und er musste gleich für zwei Wochenenden in Arrest. Ingo bekam dagegen nur Sozialstunden aufgebrummt."

„Krass! Das kann Herrn van Klusen gar nicht recht gewesen sein. *Aber doch nicht mein Sohn, das hat er doch gar nicht nötig!*"

Ich äffe seine gestelzte Art nach, aber zum Lachen ist uns allen nicht zumute.

„Und wie geht es für ihn weiter? Mit so einer Geschichte ist er doch für alle Schulen im Umkreis verbrannt?"

„Er soll wohl auf ein Internat, wo, weiß ich nicht. Aber lasst uns bitte nicht über ihn reden. Ich bekomme mittlerweile einen Kloß im Bauch, wenn ich an ihn denke."

Mark schaut mich an.

„Tut mir echt leid, was wir mit dir gemacht haben. War total mies."

Ich nicke. „Ja, das war's, aber du hast dich schon so oft entschuldigt, das reicht bis zum Sankt-Nimmerleins-Tag. Also gut jetzt, was machen wir mit der gewonnenen Zeit?"

„Zum Hof? Vielleicht ist das Fohlen schon da und ich könnte Herrn Kleiber später noch beim Füttern helfen."

Mark schnappt sich sein Rad und ich setze mich hinter Theo auf sein Moped. Wie selbstverständlich ich mich mittlerweile hinter ihn schmiege, als gäbe es kein anderes Fortbewegungsmittel mehr. Aber immer noch wünsche ich, dass die Fahrt nie aufhören möge. Seine Wärme, sein Muskelspiel in den Kurven, sein Geruch, das Wissen, dass er mich ausgewählt hat, ihn halten, ihn berühren, ihn spüren zu dürfen. Das alles ist Magie, die sich überraschenderweise jeden Tag wiederholt. Ich schließe wie so oft meine Augen, höre das knatternde Brummen des schwachen Motors, das sanfte Zischen des Windes an meinen Ohren und noch etwas. Ich brauche einen Moment, um zu verstehen, dann lächele ich. Theo summt vor sich hin, irgendein Lied, das ich nicht ausmachen kann, aber er summt. Er muss auch glücklich sein. Glücklich mit mir.

Ich stupse ihn an, er dreht den Kopf fragend über seine Schulter.

„Halt mal kurz an", rufe ich ihm zu.

Er fährt an den Straßenrand, bleibt stehen und zieht den Helm ab. Ich steige ab und stelle mich neben ihn. Auch ich ziehe den Helm ab und schaue ihn verschmitzt an.

„Was ist los? Bin ich zu schnell gefahren?"

Er lächelt sein unwiderstehliches Lächeln, ich sage aber nichts. Ich nehme seinen Kopf in meine beiden Hände und küsse ihn innig auf den Mund.

„Hüha", kommt ein Aufschrei in echter Cowboy-Manier.

„Womit habe ich denn das verdient, so hier und jetzt?" Theo grinst von einem Ohr zum nächsten.

„Musste einfach sein", sage ich nur und dann küssen wir uns erneut, als ob es kein Morgen und keine Welt gäbe.

Irgendwann später kommen wir am Stall von Herrn Kleiber an, der mit Mark am Zaun einer Koppel steht und gebannt auf die Weide schaut. Das Fohlen, es muss wohl schon da sein. Wir nähern uns langsam, um niemanden zu erschrecken.

„Oh, wie süß und noch so wacklig auf den Beinen! Gratulation, Herr Kleiber! Wann war es denn so weit?"

Ich bin total verzückt von dem Wesen, das gerade etwas umständlich versucht, bei der Mutter Milch zu saugen, und dabei öfters die Balance verliert.

„Hi, ihr zwei. Schön euch zu sehen. Vor vierunddreißig Stunden, um genau zu sein, aber sie macht sich schon ganz prächtig. Ja, man ist immer erleichtert, wenn alles glatt läuft. Ist schon ganz schön aufregend so eine Geburt, egal wie oft man sie miterlebt hat. Aber wie ihr seht, Stute und Fohlen sind gesund und munter. Fällt euch übrigens sonst noch was auf?"

„Klar, sie hat die gleiche Flocke wie Aruko auf der Stirn. Abgesehen von den zwei Strümpfen vorne sieht sie aus wie mein Brauner in klein."

„Genau, Arabeske ist auch die Vollschwester, unsere Kleine ist also quasi die Nichte von Aruko."

„Das ist ja toll! So ist er irgendwie nicht ganz verschwunden."

„Ja, wenn man so will."

Herr Kleiber richtet sich langsam auf und wendet das erste Mal die Augen von den Tieren ab. Ernst schaut er uns an und macht Mark ein Zeichen, uns allein zu lassen. Er scheint zu wissen, um was es geht, denn er lächelt uns verschwörerisch zu.

„Damit sind wir auch beim Thema. Aruko. Ich weiß, ich weiß, ich hab es schon so oft gesagt und ihr wollt es nicht mehr hören, aber jetzt kann ich endlich konkret werden, anstatt immer nur Danke zu sagen."

Verdutzt schauen wir ihn an. Worauf will er hinaus?

Herr Kleiber räuspert sich. „Ich habe dieses Jahr

das Glück, vier gesunde Fohlen gezogen zu haben, drei Stutfohlen und einen kleinen Hengst. Ich kann sie euch später auch noch zeigen. Aber diese kleine Schönheit hier, die möchte ich euch beiden schenken. Sie könnte in keinen besseren Händen sein."

Theo und ich schauen uns an, wir verstehen nicht.

„Mit der Boxenmiete müssen wir mal schauen. Wenn ihr mir und Mark etwas im Stall helft ... Habt ihr übrigens schon gehört, dass er hier bei mir anfängt? Ich freue mich sehr. Er kann wahnsinnig gut mit Tieren, wusste es bislang nur nie. Aber wie gesagt, wir werden uns schon irgendwie einig, will euch schließlich mit dem Geschenk in keine finanziellen Nöte bringen."

Theo und ich sind immer noch sprachlos.

„Na, was sagt ihr?"

Theo stupst mich schließlich freudestrahlend an. „Choice, aye? What a ripper!"

„Sie meinen das wirklich ernst, oder?" Ich schaue Herrn Kleiber prüfend an.

„Aber natürlich, was glaubst du denn? Als ob ich damit meine Scherze treiben würde. Für mich muss es einfach so sein, basta. Aruko hätte es übrigens auch so gewollt."

Ich starre auf dieses wunderschöne braune Wesen, das gerade unbeholfen gegen das Euter stößt und Milchspritzer ins Auge kriegt. Ich lache vergnügt auf und bin tatsächlich bis über beide Ohren zweifach verliebt.

„Ich muss doch wohl nicht eifersüchtig werden,

oder?" Theo schlingt von hinten die Arme um mich und küsst meinen Nacken.

„Dann muss ich mich wohl mächtig ins Zeug legen, um mithalten zu können."

Wir lachen alle und es ist wie ein Handschlag. Die Kleine gehört nun wirklich zu uns. Aber ein bisschen mulmig wird mir schon, so viel Verantwortung.

„Keine Bange, Michaela, ich weiß schon, was ich tue. Theo ist ein absoluter Pferdemensch und du hast das Herz am rechten Fleck. Du wirst das Reiten lernen und zu zweit werdet ihr perfekt sein für … Wie wollt ihr sie eigentlich nennen?"

„Flocke", entfährt es mir sofort.

Herr Kleiber lacht erneut. „Gerade wollte ich sagen, dass sie mit B anfangen muss wegen des Vaters. Tut mir leid."

„Hm, dann halt Brownie, genannt Flocke. Mir doch egal, was in den Papieren steht. Was meinst du?"

Ich schaue Theo aufgeregt an.

„Sweet as, sweety, sweet as."

Theo hebt mich mit seinen kräftigen Armen auf den Zaun und schaut mir schelmisch in die Augen.

„Great long way to go together, aye?"

Ich nicke. „Jetzt hast du noch einen Grund mehr, nicht nach Neuseeland abzuhauen."

„Wieso? Es gibt Flugzeuge, auch für Pferde", sagt er neckisch, winkt aber schnell wieder ab.

„Flocke gehört hierhin, ist doch klar. Aber irgendwann entführe ich dich in das Land der weißen Wolke, wart's nur ab. Du wirst mit mir Schafe scheren,

Bungee springen, Vulkankrater besteigen, die grünen Rolling Hills hinunterkullern, mit Hunden über Zäune springen, in heißen Quellen baden und nachts auf Opossumjagd gehen."

„Na, wie erquicklich, deine Auswahl entspricht ganz meiner Natur", frotzle ich, während ich ihn liebevoll an den Ohren ziehe.

„Du wirst es lieben", strahlt Theo mich an, „ich weiß es und meine Familie, meine Freunde werden dich lieben. Man kann gar nicht anders."

Er zieht mich zu sich hinunter und küsst mich wieder. Herr Kleiber ist verschwunden, auch Mark ist nicht zu sehen. Wir hören nur das zufriedene Schnauben der Pferde und unsere aufgeregten Herzen. Ein Film begleitet unseren Kuss und heizt ihn mächtig an. Ich sehe, erahne, fühle Abenteuer, eines nach dem anderen, mit Pferden, fremden Menschen, fernen Ländern. Und immer und überall Theo an meiner Seite. Es kann kommen, dieses wunderbare Leben. Ich bin bereit.

Glossar

to be a close shave | *knapp sein*
to be a dag (= funny chap) | *ein verrückter Kerl sein*
to be a hard case | *ein schwieriger Mensch sein*
to be stoked about s.th. | *begeistert sein über*
birdbrain | *Hohlkopf*
bodies | *FreundInnen*
choice | *super, toll*
don't pack a sad | *brech nicht zusammen, sei nicht traurig*
don't you dare | *wag es nicht*
dunny | *Toilette*
Enzedder (NZer) | *NeuseeländerIn*
far out | *krass*
g'day = good day | *Guten Tag, hallo*
gears | *Ausrüstung, Sachen*
gossip | *Klatsch*
don't give a damn | *lass es dir egal sein (scheiß drauf)*
gizago = give us a go | *lass es uns versuchen*
heaps | *viel*
keep it easy | *entspann dich*

Kiwi | *NeuseeländerIn, Frucht, Vogel*

to make a fuss about s.th. | *sich anstellen*

owsidgown = how is it going | *wie geht's*

no piss in the hand | *nicht gerade leicht*

to piss on s.o. | *jmd etwas (Schlechtes) wollen*

(go and) piss up a rope | *(los,) mach auf jeden Fall was anderes*

poor old hack | *armer alter Kerl*

pozzie = position | *Position*

to reckon | *denken, glauben*

she | *Artikel unabhängig vom Geschlecht, alles ist she*

shove off | *hau ab*

shut up | *halt die Klappe*

to suss it out | *etwas schaffen, klären*

sweet as | *mehrere Beutungen: danke, cool, keine Sorgen, kein Problem*

ta | *danke*

Ya (= you are) kidding | *du machst Witze*

What a ripper | *Ausruf der Freude, des Gefallens oder des Erfolgs*

wop-wops | *auf dem Land*

Danksagung

Ohne die Unterstützung meines Mannes und meiner Tochter wäre dieses Buch nie entstanden. Sie machten mir Mut, es nicht beim Geschichtenerzählen auf unseren gemeinsamen Wanderungen zu belassen, sondern meine Ideen und Phantasien aufzuschreiben. Beide bestärkten mich, wenn Zweifel kamen (und die kamen oft), und begleiteten mich in jeder Hinsicht in unendlicher Geduld. Ich kann ihnen nicht genug danken.

Auch meinen Erstlesern danke ich herzlichst. Ihre wohlmeinende, aber schonungslose Kritik hat mich bei jeder Überarbeitung immer ein Stückchen weitergebracht.

Zudem hatten sie alle selbst einen überfüllten Alltag und nahmen sich dennoch die Zeit für mich und mein Vorhaben.

Danke, Dr. Bettina Klöpper!

Danke, Charlotte Kriegesmann!

Danke, Dr. Juliane Deinert!

Zum Schluss möchte ich auch Velvet Noe und dem Team von BoD danken, die die Umsetzung der Veröffentlichung geduldig, kompetent und sehr effizient schnell ermöglicht haben.

Die Autorin

Pia Steinmann, geb. 1968 in Marburg a.d.L., aufgewachsen in Remscheid, Medizin studiert in Tübingen und Gießen, 25 Jahre als Neurologin und spez. Schmerztherapeutin in Paderborn gearbeitet, hat sich Ende 2020 einen Traum erfüllt: das Schreiben.

Warmes Blut ist ihre erste Veröffentlichung. Drei weitere Manuskripte liegen zur Überarbeitung bereit.

197